THE LAST OF AUGUST

Brittany Cavallaro

女子高生探偵
シャーロット・ホームズの帰還〈上〉
〈消えた八月〉事件

ブリタニー・カヴァッラーロ
入間 眞・訳

竹書房文庫

The Last of August
by Brittany Cavallaro

女子高生探偵シャーロット・ホームズの帰還〈消えた八月〉事件　上

目次

主な登場人物

シャーロット・ホームズ……女子高生探偵。シャーロック・ホームズの子孫。

ジェームズ（ジェイミー）・ワトスン……ワトスン博士の子孫。

マイロ・ホームズ　シャーロットの兄。……シャーロットの兄。セキュリティ会社社長。

アリステア・ホームズ……シャーロットの父。

エマ・ホームズ……シャーロットの母。

レアンダー・ホームズ……シャーロットの叔父。私立探偵。

ジェームズ・ワトスン・Sr.……ジェームズの父。レアンダーの親友。

オーガスト・モリアーティ……モリアーティ教授の子孫。

ルシアン・モリアーティ……モリアーティ教授の子孫。オーガストの兄。

ヘイドリアン・モリアーティ……モリアーティ教授の子孫。オーガストの兄。

フィリッパ・モリアーティ……モリアーティ教授の子孫。オーガストの姉。

ナタニエル・ツィーグラー……美術学校教授。

マリー＝エレーヌ……画学生。

女子高生探偵　シャーロット・ホームズの帰還
〈消えた八月〉事件　上

HOLMES
【ホームズ家】

（ジェイミーがしつこくせがむので、彼のために）

不明 ─ シャーロック・ホームズ
（問いつめられたS・Hは、母親はワトスンだと言い張った）

エリザベス・ホームズ ─ ヘンリー・ホームズ
（アメリカのスパイ）

タリア・ホームズ ─ パスカル・ホームズ
バレンティナ・ハリスン ── アガサ・ホームズ
（ブルームズベリー・グループの一員。とても興味深い女性たち。パスカルによれば、アガサは“あまりに花的すぎる”らしい。彼の日記にそうあった。服装に対するコメントだろうか？ 人間が花的になれるものか？）
パペチュア・ホームズ
ジョナサン・ホームズ
（ちょっとした英雄。秘密だらけ。晩年はカナダですごした）

セリーン・ホームズ ─ クリスピン・ホームズ
（わが一族には聖人の名を持つ者がとても多い。彼の名はラテン語で“カーリーヘア”の意味。一族にカーリーヘアなどひとりもいないのに）

アリステア・ホームズ ─ エマ・ホームズ
（旧姓バリントン=セントクレア。嘘ではない。わたしは嘘など言わない）
アラミンタ・ホームズ
ジュリアン・ホームズ ─ キム・ミンジ
（最悪。バターナイフよりも頭の切れ味が悪い）
（ジュリアンにはもったいなさすぎるほどすてきな女性）
レアンダー・ホームズ
（最高）

マイロ・ホームズ
（マイロだけは例外。だが、ヘアアイロンを持っていることをわたしがきみにばらしたと知ったら、兄はきみを殺さなければならなくなる）
シャーロット・ホームズ
（まあ、説明はいらないだろう）

マーガレット・ホームズ（12）
カミラ・ホームズ（10）
（とてもかわいくて、とても鈍い従妹たち）

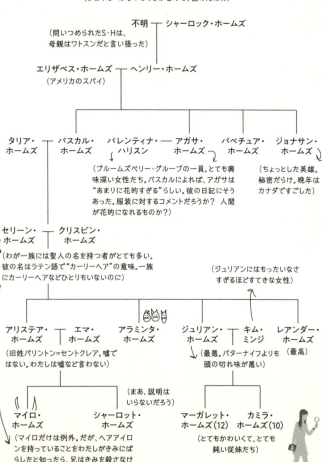

MORIARTY
【モリアーティ家】

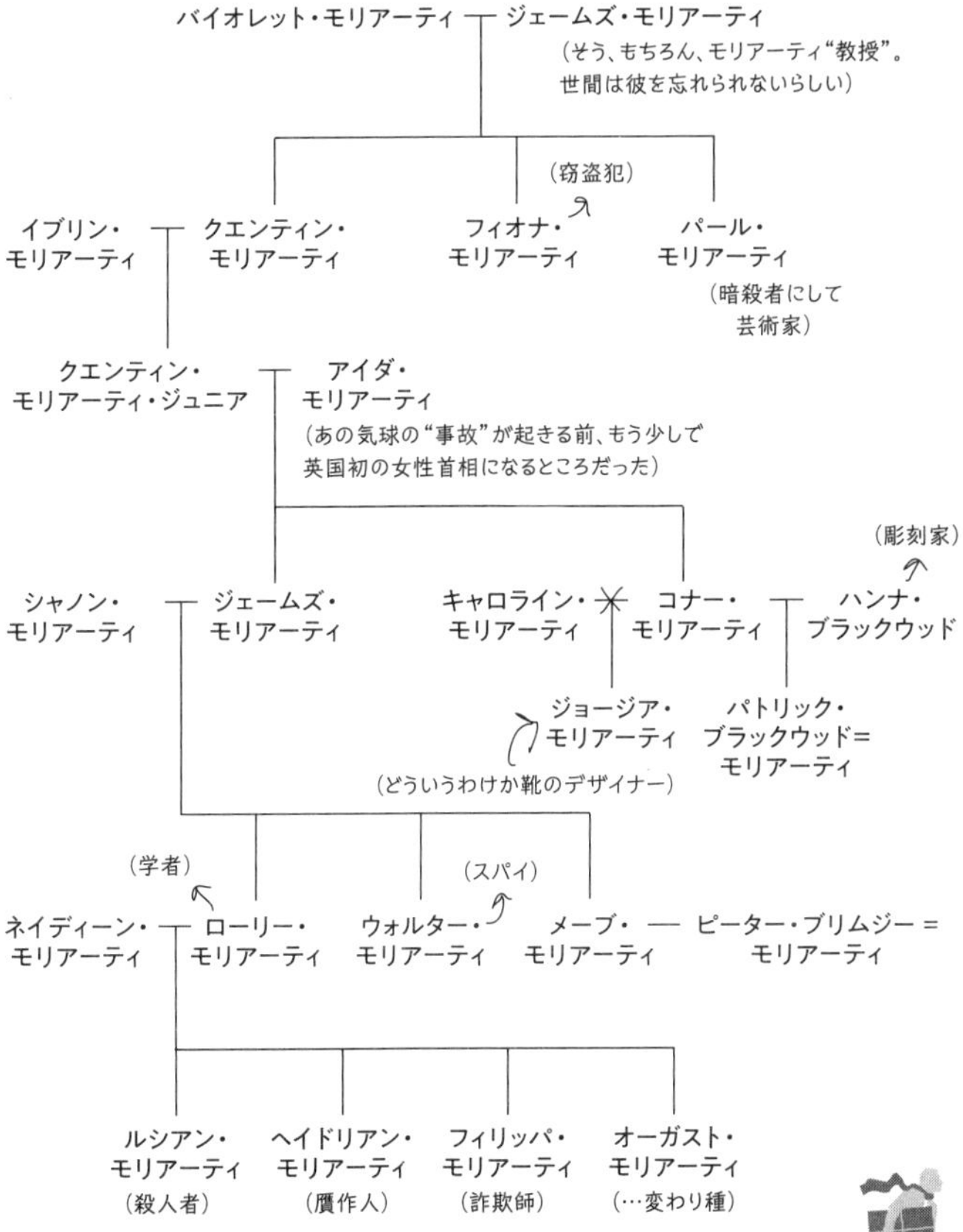

というわけだ。頼むから、これを額に入れて
飾るつもりなどないと言ってほしい。
――C・H

ベルリンですごしたエミリーとわたしに

「きみは愛とは何か知っているか？　教えてやろう。
愛とは、あっさり裏切ることのできるものだ」
――『鏡の国の戦争』ジョン・ル・カレ

第一章

まだ午後三時だというのに、シャーロット・ホームズの寝室の窓から見える空は、北極圏もきっとこんなだろうと思えるくらい暗い色で満たされていた。ぼくは大西洋の両岸に片足ずつのせて育ったというのに、コネチカット州のシェリングフォード高校ですごしているうちに、十二月下旬の英国南部ではこんな天候がふつうだということをすっかり忘れてしまったらしい。冬と聞いて思い浮かべるのは、ニューイングランド地方のほどよい夜だった。向こうの夜はいつも、夕食が終わったころに時間どおりに訪れ、朝ベッドの中で伸びをして目覚めるころにはもう空が青くなっている。でも、英国ではそうじゃない。十月になると冬の夜がショットガンを抱えてあらわれ、それから六ヵ月も人びとを人質に取って籠城するのだ。

ホームズの屋敷を初めて訪れる機会が夏だったら、もっとよかったのに。ホームズの家族はサセックスに住んでいて、そこは英国の南岸に沿った州だから、最上階の部屋からは海が望める。まあ、望めると言っても、たまたま暗視ゴーグルを持っていて、その上で旺盛な想像力を働かすことができればだけど。英国の十二月の暗さだけでも雰囲気満点なのに、ホームズ家の屋敷は丘の上にぽつんと建っていて、まるで古城みたいだ。いつ上空を稲妻が切り裂くかと、ぼくは期待していた。あるいは、地下の拷問室から哀れなミュータントがよろめき出て、それをマッドサイエンティストが必死に追いかけるとか。

自分がホラー映画の中にいるような気分は、屋敷の中に入っても変わらなかった。それもふつうのホラー映画じゃなくて、北欧から来たアートシアター系のやつ。人が腰かけるように設計されていない長くて暗い色のソファに、白い抽象画がずらっと飾られている白い壁に、隅にひそんでいる小型のグランドピアノ。要するに、ここは吸血鬼——それも礼儀をちゃんとわきまえた吸血鬼——が暮らしているような家なのだ。どこもかしこも静けさに満ちている。

このひんやりとした家の中で、地下にあるホームズの部屋だけが乱雑で血の通った場所だった。彼女の寝室は壁が黒く、実用一点張りの書棚が複数しつらえてある。とにかく本だらけで、本棚にアルファベット順に整頓されているか、ページを開いたまま床の上に放り出されている。部屋には化学実験テーブルもあって、ビーカーやバーナーがところ狭しと並ぶ。いくつも置かれた小さな植木鉢にはねじ曲がってこぶのある多肉植物が植わっていて、彼女が毎朝スポイトを使って酢とアーモンドミルクの混合物を与えている（ぼくがそのことに異論をはさんだら、ホームズは「これは実験なんだ。この植物を枯らそうとしているんだが、何をしても枯れない」と言った)。床には書類やコインやつぶれた吸い殻が散らかり、にもかかわらず、塵や埃はひとつも落ちていない。そうした点はホームズに関してぼくが予期していたとおりだったけど、意外だったのは、チョコレートビスケットを隠し持っているらしいことと、ナイトテーブル代わりに使っている低い書棚にハードカバーのブリタニカ百科事典を全巻そろえていることだ。どうやらホームズはベッドで煙草片手に百科事典を熟読するのが好きらしく、今日の項目は〝C〟の巻に載っている〝チェコスロバキア〟だった。理由はわからないけれど、ぼくにまるごと読んで聞かせると言って譲らなかった。

まあ、理由はちゃんとあるのかもしれない。こんなふうにして現実的な話題を避けるのが、ぼくたちのやりかただった。

彼女が音読しているあいだ、ぼくは〝D〟の巻と〝E〟の巻の上に積んであるシャーロック・ホームズの小説をあえて見ないようにした。その本は彼女が父親の書斎からくすねてきたものだ。彼女自身が所有していた全集は、秋に爆弾が破裂したときに失われてしまった。ほかにも化学実験装置が失われ、ぼくはお気に入りのマフラーと人類に対する大いなる信頼を失った。シャーロック・ホームズの本を見ると、初めて出会ったときの彼女のことを思い出す。ぼくがどうしても知り合いたくてたまらなかった女の子のことを。

　この数日間で、ぼくたちの心地よい友情関係は影をひそめてしまい、以前のように相手を信じることも理解することもできない領域へと逆戻りしていた。そのことを思うとぼくは気が滅入り、頭がおかしくなりそうだった。どうにかふたりで関係修復を始められるよう、彼女の足元に這いつくばって気持ちを洗いざらいぶちまけたいほどだ。

　だけど、そんなまねはしなかった。代わりに、ふたりの友情におけるすばらしき伝統にのっとり、まったく関係のない話題で喧嘩をふっかけた。

「どこにあるんだ？　場所だけでいいから教えてくれないか？」

「チェコスロバキアがオーストリア＝ハンガリー帝国から独立し、二十世紀にわれわれが知っていたような国になったのは、一九一八年のことだ」

　ホームズはそこでベッドカバーにラッキー・ストライクの灰を落とした。

「その後、一九四〇年代に立て続けに起きたできごとが……」

「ホームズ」

　ぼくは彼女の顔の前で手を振ってみせた。

「ホームズってば。マイロのスーツがどこにあるかきいてるんだよ」

　彼女はぼくを手で追い払った。

「そのあいだずっと、国家はかつてのようにはっきりした形では存在せず……」

「ぼくには絶対に似合わなそうなスーツのことだよ。うちの父の家よりもずっと高価なスーツ。きみがぼくに着せようとしているスーツさ」

「固定したのは、領土の一部を当時のソビエト連邦に譲渡したとき。一九四五年だ」

指のあいだに煙草をぶら下げたまま、彼女は目をすがめて本を見下ろした。

「次の部分が理解できないな。おそらく前回、このページで読み飛ばした部分があったにちがいない」

「ってことは、きみはその項目を何度も読み返したんだね。寝る前に東ヨーロッパを少々か。少女探偵ナンシー・ドルーも顔負けだよ」

「だれだって?」

「だれでもない」

ぼくはだんだんいらだってきた。

「ねえ、きみがぼくに〝ディナー用の正装〟をさせたいっていう要求は理解できるし、こんな耐えがたくて息のつまりそうな上流階級の環境で育ったきみが〝ディナー用の正装〟って言葉をまじめな顔で口にできるのもわかるけど、なんて言うか、たぶんそれがぼくを落ち着かない気分にさせるとわかってて、だからきみはわざと……」

ホームズは驚いたようにぼくを見た。少し刺すような視線で。今日、ぼくの口から出る言葉は、自分で意図する以上にとげがあるらしい。

ぼくは前言を撤回することにした。

「オーケー、忘れてくれ。ぼくは今、すごくアメリカ的なパニック発作を起こしてるんだけど、きみのお兄さんの部屋はペンタゴンよりも厳重にロックされてるから……」

「見くびらないでほしい。マイロのセキュリティはそれよりずっと高度だ。アクセスコードが必要なら、兄に問い合わせのメールを送ろうか？　兄は遠隔操作で二日ごとにコードを変更しているから」

「子どものころに使ってた寝室にアクセスコード？　それを今も変えてる？　ベルリンから？」

「まあ、傭兵会社のトップだから」

ホームズはそう言いながら携帯電話に手を伸ばした。

「『ミスター・ウィグルズ』のおもちゃをだれかに見つかるわけにいかないんだ。ふわふわのうさちゃんたちにも国家機密並みの保護が必要になる」

ぼくは笑った。ホームズも笑みを返してきた。ほんの少しのあいだ、自分たちの関係がうまくいっていないことを忘れた。

「ホームズ」

ぼくはつい癖でそう言った。反射的で、会話の句読点であり、そのあとに何か話すつもりがあるわけじゃない。

いつもより長い時間がかかってから、彼女はようやく「ワトスン」と応じた。そこにはためらいがあった。

彼女にききたいことがいくつか頭に思い浮かんだけれど、とても口に出して言えないものばかりだった。代わりに別の質問をした。

「どうしてぼくにチェコスロバキアのことを読んで聞かせるの？」

ホームズの笑みがふっと消えた。

「父が今夜のディナーにチェコ大使とルーブル美術館の新しい館長を招いているから、準備をしておいたほうがいいと思ってね。わたしが教えなければ、きみは東ヨーロッパのことなど何ひとつ知らないだろうから。それに、きみがでくの坊でないことを母に証明してみせたいし」

彼女の電話で着信音が鳴った。

「ああ、マイロがわれわれのためにコードを666に変更してくれた。なんとも心やさしいじゃないか。部屋に行ってスーツを取ってくるといい。ただし急いで。このあと一九八九年のビロード革命のことを説明しないといけないから」

　ぼくは激しく自問自答していた。美術館の館長？　それに大使？　彼女の母親がぼくをでくの坊だと思ってるって？　ぼくはまるでお手上げ状態だった。いつもそうだけど。

　一応言っておくと、ぼくの父は今回の旅行について、容易じゃないぞ、と遠回しに警告していた。もちろん父が細かい事態をいちいち予測していたとは思わない。ブライオニー・ダウンズ事件に決着がついた数日後、まずぼくの家でホームズとふたりで休暇をすごしたあと彼女の家に行く、という計画を明かしたときに父が最初に言ったのが、ぼくの母がその思いつきを気に入らないだろう、ということだった。でも、それは警告として機能しなかった。なぜなら、ぼくだってそんなことは百も承知だから。母はホームズ一族を嫌っている。モリアーティ一族も嫌いだし、ミステリーも嫌いだ。鹿撃ち帽とツイードのマントが嫌いなのは単にセンスの問題だろうけど、この秋に起きた一連のできごとのあとで母が最も嫌悪したのは、シャーロット・ホームズ本人だと思う。

　父は電話でぼくにこう言った。

「まあ、どうしてもホームズの屋敷に滞在すると言うなら、おまえはきっと……かなり楽しい時間をすごすことになるぞ。あの屋敷はすばらしいからな。ホームズの両親というのは……」

そこで父は言葉を探した。

「……ええと、そうだな、おれの聞いたところでは、家にバスルームを六つ持っているそうだ。六つもだぞ！」

なんだか不吉な予感がした。ぼくはどうにか期待できそうな要素を求めて言った。

「レアンダーも来ることになってるんだ」

ホームズの叔父レアンダーは父のかつての同居人であり、長年の親友でもある。

「レアンダーか！　そいつはいい。レアンダーならクッションの役目を果たしてくれるだろう。おまえと、その……おまえがクッションを必要とするありとあらゆる相手とのあいだで。けっこうなことだ」

そのあと、義理の母がキッチンで呼んでいるとかなんとか言うと、父は電話を切ってしまった。あとにはぼくひとりが、新たにわき上がるクリスマス休暇の不安とともに取り残された。

いっしょに冬休みをすごすという考えをホームズが持ち出したとき、ぼくは反射的に、母が暮らすロンドンのアパートみたいな場所にふたりでいるところを想像した。ふたりともセーター姿で、手にはココア、暖炉のそばで『ドクター・フー』のスペシャル版を観て、ポンポンのついたニット帽をかぶったホームズがチョコレート・オレンジの実を一個一個分解し……。

肝心の話題から目をそらすのをやめて、サセックスまで足を伸ばしていいか母に直接きいてみるように、とホームズから言われたのは、ぼくたちが実際に母のアパートに滞在してリビングのソファに寝そべっているときだった。ぼくはその会話をずっと避けていた。ホームズは「外交的手腕を発揮しろ」と言ってから、つけ加えた。

「すなわち、きみの言いたいことを頭の中で練り、それをけっして口に出さないことだ」

忠告はむだに終わった。母の反応は、おおよそホームズとぼくの父が予測したとおりだった。ぼくが計画を話すと、母はルシアン・モリアーティのことを大声で怒鳴り始め、ふだん沈着冷静なホームズでさえ部屋の隅に後ずさった。

「あなたはもう少しで死ぬところだったのよ」

母は力強く断定した。

「モリアーティ一族に殺されかけた。あなたはクリスマスを彼らの敵の本拠地ですごすつもりなの？」

「本拠地だなんて、『バットマン』か何かだと思ってる？」

ぼくは笑いながら答えた。部屋の隅でホームズが頭を抱えるのが見えた。

「母さん、ぼくなら大丈夫だよ。もうおとなも同然だし、休暇のすごしかたぐらい自分で決められる。父さんに、死にかけたことは母さんには内緒だって言ったんだ。母さんは過剰反応するからって。言ったとおりだった」

長めの沈黙があってから、母の怒鳴り声がさらに大きくなった。

最後には母のほうが折れた。でも、そこにはまだひどい偏見が残り、ぼくは大きな代償を支払うことになった。ロンドンでの最後の数日間、ぼくはやることなすことすべて――リビングルームの整頓から、ロンドンに帰ったとたん急激に戻った英語のアクセントまで――を母に口やかましく責め立てられた。まるであなたの声まであの子に奪い取られたようだわ、とまで言われた。たぶん母に対して最初からちょっとやりすぎたんだろう。そもそもホームズを家に連れていったのが、母には喜ばしいことではなかったのだ。ホームズをあとに残せば、母と彼女の両方にとって心安らぐ結果になったと思う。でも、ぼくにははっきりさせておきたい点がひとつあった。それは、会ったこともない相手を見下す母の態度にはうんざりだ、ということ。相手はぼくにとってかけがえのない存在であり、母だってぼくのためを思うなら、ぼくの親友が頭脳明晰で刺激的な女の子であるのを認められるはずだ。

思いは期待した程度には母に伝わった。

ホームズとぼくは多くの時間を家の外ですごした。

ぼくはお気に入りの書店に彼女を連れていった。そこでぼくは彼女にイアン・ランキンの小説を山ほど買いこませ、彼女はぼくを脅してヨーロッパのカタツムリに関する本を買わせた。角《かど》にあるフィッシュ&チップスの食堂にも行った。彼女はマイロのセックスライフに関して、詳細にわたるけれどたぶん捏造だと思われる話（ドローン、カメラ、彼の家の屋上プール、などなど）をしてぼくの注意をそらし、その隙にぼくのフライド・フィッシュを全部平らげ、そのくせ自分の皿には手もつけなかった。テムズ川沿いを散歩しているとき、ぼくが水切りのやりかたを教えたら、彼女の投げた石がちょうど通りかかった平底船に危うく穴をあけそうになった。ぼくの好きなカレーの店にも行った。二回も。しかも同じ日に。パコラ（インド風天ぷら）をひと口嚙んだ瞬間、彼女はまぶたを閉じて至福の表情を見せ、二時間後にぼくはその顔をもう一度見ることに決めた。彼女の幸せそうな顔を見るのはとても気分がいい。その晩、ホームズがぼくの妹シェルビーに血痕を漂白する最も効果的な方法を教えることになり、練習台としてぼくのシャツに飛んだカレーのしみを使っているのを知ったとき、とてもきまりが悪かったけれど、彼女のあの顔を思えばなんてことはない。

　なんだかんだ言って母の件があったとはいえ、ぼくにとって最良の三日間だったし、同時に、シャーロット・ホームズとすごすきわめて平均的な週でもあった。ホームズみたいな並はずれた人間に免疫のない妹は、彼女にすっかり影響を受けてしまった。シェルビーはホームズのあとを影みたいについて歩き、全身黒ずくめの格好をし、髪をストレートに変え、自分の部屋にあるものを見せるためにホームズを引っぱっていった。どんなものを見せたのか正確には知らないけれど、ドアの下からもれてくる熱くて明るい音楽から察すると、ふたりのBGMはシェルビーが今はまっているボーイバンド〈L・A・D〉だったようだ。たぶん自作の絵も見せたと思う。母によると、妹はぼくが留守にしているあいだに美術に強い興味を持ったそうだ。でも、恥ずかしがって今のところ作品をだれにも見せていないらしい。

絵のことでぼくが妹に何か助言できたらよかったのに、と言いたいわけじゃない。ぼくは美術にそれほど詳しくない。自分がどんな絵を好きか、どんな絵でぐっと来るか（たいていは肖像画）ぐらいはわかる。ぼくは秘密めいて感じられるものを好む。暗い部屋で繰り広げられる光景。謎めいた本や瓶類、後ろを向いた女の子。好きな美術作品を問われたら、レンブラントの『テュルプ博士の解剖学講義』を挙げる。正直に言うと、その絵を頭に思い描く能力はないけれど。気に入ったものと長い時間をすごし、それがすり切れるまで強い愛着を持つという傾向が、ぼくにはある。しばらくすると、そうした品々はぼくという人間をあらわす別名みたいになり、ぼくが本当に楽しんだものとは思えなくなってしまう。

　妹が描いた作品について本人と話をしたかどうか尋ねたら、ホームズは答えた。

「シェルビーはわたしにアドバイスを求めた。そして、わたしは意見を述べるだけの十分な知識を持っている」

　それはあくる日の午後にサセックス行きをひかえた、ロンドンですごす最後の夜だった。母がぼくの寝室を書斎に変えてしまっていたので、ぼくたちはリビングルームにふたつ置かれた折りたたみ式マットレスの上に横たわり（滞在中はずっとそこがふたりの居場所だった）、背後には旅行カバンをバリケードみたいに積み重ねておいた。東の空がそろそろ白み始めていた。ホームズと友人でいることと引き替えに失うもののひとつが睡眠だ。こういうふうに、けっして眠ることができなくなる。

　ぼくは聞き返した。

「十分な知識？」

「娘を教育する上で美術がひとつの重要な分野だと、父は考えたんだ。わたしは色彩や構図に関していくらでも話し続けることができる。父と……」

　そこで彼女は顔をしかめた。

「かつての家庭教師、デマルシェリエ教授のおかげでね」

ぼくは片ひじをついて半分起き上がった。

「きみは……絵を描くの？」

いかに彼女のことを知らないか、いきなり思い知らされた。今年の九月に出会う前の彼女の人生にまつわる事実は、二次情報やどうにか断片的に聞き出したものにすぎない。マウスという名のネコを飼っているとか、母親が化学者であるとか。でも、彼女が生まれて初めて買ってもらった本が何か、海洋生物学者になりたいと思ったことがあるか、殺人事件の容疑者になっていないときの彼女はどんな子なのか、ぼくは何ひとつ知らないのだ。確かに、バイオリンを弾くのだから、それと同じようにほかの芸術に挑戦していてもおかしくはない。ホームズがどんな絵を描くのか想像してみた。暗い部屋にたたずむひとりの少女。後ろを向いているから顔は見えない。でも、この部屋にいる本人を見たら、その顔はぼくに向けられていた。

「わたしに絵を描くスキルはないし、くだらないと思う対象に時間を注ぐつもりもない。だが、見る目は確かだ。きみの妹さんはとても才能がある。構図のセンスがいいし、色使いがおもしろい。ほら、こんな調子で美術の話ができる。ただ、妹さんの絵は題材が限定されている。隣人の犬の絵を三十枚も見せられたよ」

ぼくは笑みを浮かべた。

「お隣のウーフはいつも裏庭で寝てるから、モデルにしやすいんだな」

「妹さんをテート・モダン美術館に連れていかないか。明日の午前中、われわれが出発する前に。きみさえよければだが」

彼女はそう言って両腕を頭の上に伸ばした。薄闇の中で急にあらわになった素肌がピッチャーに入ったクリームみたいに見えた。

ぼくはあわてて視線を彼女の顔に戻したけれど、手遅れだった。手遅れになったとき、ぼくの内心は何か口をすべらせている。

正直、ぼくの内心はいつだって何か口をすべらせている。朝の四時だから、自分でもそれを認めることができる。

「テートか」

ぼくはどうにか自分を取り戻して言った。彼女の申し出は本気のようだ。

「いいよ。本当にそうしたいと思ってくれてるなら。きみはずっとシェルビーによくしてくれてたね。もう一生分のL・A・Dを聴かされただろ？」

「L・A・Dは好きだ」

ホームズはまじめな顔で言った。

「きみが好きなのはアバだろ。ぼくには今のが冗談かどうかもわからないよ。次は、夏になるときみがウェストポーチを愛用するって知ることになるんだろうな。でなきゃ、十一歳のときにきみの部屋にハリー・スタイルズのポスターが貼ってあったって」

ホームズはすぐに返事しなかった。

「まさか貼ってないよね」

「わたしが貼っていたのは、ハリー王子のポスターだ」

彼女は腕組みをしていた。

「王子は服装の趣味がとてもよかったから。わたしは上質な仕立てを鑑賞していたんだ。とにかく、そのときのわたしはわずか十一歳で、しかも孤独だった。そのにやにや笑いをやめる気がないなら、今からそっちへ行って……」

「わかったよ。きみが高く評価したのは王子の仕立てのよさで、まちがっても彼の……」

彼女に枕で殴られた。

ぼくは口の中を羽毛でいっぱいにしたまま言った。

「考えてみれば、きみはかの名高きホームズ家の一員だ。たぶん、それが実を結んだとしてもおかしくなかった。シャーロット王女……。確かに王子を射止められるぐらいきみはかわいいし、今だってその姿がありありと思い描けるよ。ティアラを頭にのせたきみが高級なオープンカーの後ろに乗って、電球をねじこむみたいな形で手を振って……」

「ワトスン」

「スピーチもやらされるだろうな。孤児たちの前や、いろんな大会で。子犬たちといっしょに写真も撮られる」

「ワトスン」

「何？　もちろん、からかってるんだよ。ぼくにはきみの育った環境がまったく想像もつかないからね」

自分でもとりとめのない話だとわかっていたけれど、疲れていてブレーキがきかなかった。

「だって、うちのアパートを見ろよ。ちょっと見映えをよくしたクローゼットさ。きみが家族の話をするとき、うちの母が不機嫌になって無口になるのを見たはずだ。たぶん母は心配してるんだと思う。ぼくがサセックス丘陵《ダウンズ》に行ったら、退廃的で謎めいたホームズ一族にたぶらかされて二度と帰ってこないんじゃないかって。きみは礼儀正しくほほ笑んで、母や妹やこの家について実際に思ったことを口に出さずに飲みこんでるけど、現実問題として、それはきみにとって相当な努力を要するはずだよ。だって、きみはそんな善良な人間じゃないんだから。きみはそんな態度を取る必要はないんだ。きみは金持ちなんだよ、シャーロット・ホームズ。ぼくのあとについて言ってごらん。〝わたしは金持ちで、ジェイミー・ワトスンは貧乏な田舎者〟」

「ときどき、わたしはきみに信用されていないのだなと思うよ」

「え？」

ぼくは思わず上体を起こした。

「いや、ぼくはただ……あのさ、たぶんちょっと疲れてるんだ。夜遅いから。でも、その場にふさわしい行動を取るべきだとか、だれかに好印象を与えるべきだとか、きみにはそんなふうに感じてほしくないんだ。だって、ぼくたちはもう好印象を持ってるんだから。きみはうちの母や妹や住まいを好きなふりなんかしなくていいんだよ」

「わたしはきみのアパートが好きだ」

「でも、広さが学校のきみのラボと同じくらいしか……」

「きみが育った場所だから好きなんだ」

ホームズはぼくをじっと見ながら言った。

「それに、きみの家でディナーをごちそうになるのが好きだ。なぜなら、きみの家のディナーだから。自分の家で食べるよりもずっといい。妹さんも好きだ。賢いし、きみを尊敬しているから。きみを尊敬しているのは、あの子がとても頭のいい証拠だ。きみが妹さんのことを話すとき、子ども扱いしているのに気づいたが、あの子はか弱いボーイソプラノをたくさん聴くことで自分に発現しかけているセクシャリティを探索しようとしている。くれぐれもその事実をからかってはいけない。別の道をたどるよりはるかに安全だから」

会話は思ってもみなかった方向に転換していた。だけど、ぼくの口から思わず〝きみはかわいいし〟の言葉が出た瞬間から、この流れは予想するべきだったかもしれない。

ホームズも起き上がり、ぼくと向き合っていた。シーツが足のあたりにからみつき、髪がくしゃくしゃで、禁断のセックスを描いたフランス映画の登場人物みたいに見えた。そんなことを考えちゃいけない。ぼくは頭の中でおなじみのリストに目を通し、エロティックとは対極にあることがらを考えた。おばあちゃん、ぼくの七歳の誕生日パーティ、『ライオン・キング』……。

ぼくは彼女の言葉を繰り返した。

「別の道？」

「つま先だけ少しひたすほうがずっといい、いきなり水の中に引きずりこまれる前に」

「そんな話をしなくてもいいよ……」

「落ち着かない気分にさせているなら、すまない」

「もしきみがしたくないなら、って言おうとしたんだよ。なんでこんな話になっちゃったんだ？」

「きみが自分の成育環境をけなし、わたしがそれを擁護した。わたしはここが好きだよ、ジェイミー。次はわたしの両親の家に行くが、あそこではこのようにはいかない。わたしはこのようにならないから」

「このようにって？」

「鈍いふりはよせ。きみらしくない」

ホームズがぴしゃりと言った。

念のために言うと、ぼくは鈍いふりなんかしていなかった。彼女に逃げ道を与えようとしていたのだ。ふたりのあいだで口にしないできた話題に彼女がぎりぎりまで近づいているのはわかっていた。彼女はレイプされた経験がある。ぼくたちはそのレイプ犯を殺したという罪を着せられた。彼女がぼくに対して持っているどんな感情もそのトラウマと無縁でいられなくて、そのためぼくが彼女に抱いたどんな感情も今のところは棚上げ状態になっている。ときどき、彼女がどれほど美人であるかについて、ばかげた妄想のスパイラルに入りこむことがあったとしても、ぼくはその思いを一度も口に出したことがなかった。ぼくたちふたりの関係について話す機会を彼女に与えたことはあっても、けっして無理はさせなかった。せいぜいこうして夜明けに核心を避けた言葉で会話し、結局ぼくがまずいことを言って彼女が完全に口を閉ざすまで、本題の周囲をぐるぐる回り続けるだけ。そして、そのあとの数時間、彼女はぼくの顔を見ようともしない。

「ぼくが言おうとしてたのはただ、きみがそうしてほしくないならば、ぼくはそこに行くつもりはないってことだよ」

ぼくの言う〝そこ〟とはサセックスのことで、それからリー・ドブスンのことでもあって、あいつのことは空想の中で墓から掘り出しては何度も殺し直してる。ぼくたちふたりの関係について、正直に言うと、ぼくはまだ話をする準備ができてなくて、きみの髪の毛の先が鎖骨のあたりをなでていても、きみが神経質になって唇を舐めていても、ぼくはきみをそんなふうには見てない。ぼくは神に誓って、そんなことを考えてない。絶対に。

ホームズに関する最大の長所と最大の短所は、口に出したことも出していないこともすべて聞かれてしまうことだ。

「ジェイミー」

悲しげなささやき声だった。でも、あまりに小さな声だったから、ぼくの聞きちがいかもしれない。

心底驚いたことに彼女は手を伸ばしてきてぼくの手を取り、その手のひらを自分の唇へと持っていった。

これって？　こんなことは今まで起きたことがなかった。

手のひらに熱い息と軽く触れた唇が感じられた。ぼくは喉がごくりと鳴りそうなのをこらえ、じっと動かずにいた。もしも動いたら、彼女を怖がらせてしまったり、最悪の場合、おたがいが粉々に砕けてしまうのではないかと恐ろしかった。

ぼくの胸に触れた彼女の人さし指がゆっくり下りていった。

「これがきみの望んでいること？」

その問いを聞いたとたん、ぼくの自制心は完全に吹き飛んだ。

ぼくは返事できなかった。言葉では何も。代わりに両手を彼女の腰まで下げ、何ヵ月も夢見ていたやりかたでキスしようとした。ディープで探るようなキス。片手を彼女の髪にからませ、この世界にぼくしかいないかのように彼女がきつく抱きついてくるキス。

ところがぼくが触れた瞬間、彼女はたじろいだ。その顔に急に恐怖がよぎった。見ていると恐怖は激しい怒りに変わり、さらに絶望感みたいな何かに取って代わられた。

耐えがたい数秒間、ぼくたちはおたがいを見つめていた。彼女は何も言わずにぼくから離れ、自分のマットレスに横たわって背中を向けた。彼女の向こうにある窓には、夜明けの傷口のような色が広がっていた。

「シャーロット」

そっと呼びながら、手を伸ばして肩に触れようとした。その手は振り払われた。そうされても彼女を責めることはできない。でも、胸の中で何かがぎゅっとねじられた。

初めて気がついた。たぶん、ぼくという存在は彼女を安心させるどころか苦しめているんだと。

第二章

ふたりのあいだに何かがあったのは、これが初めてじゃない。

前にキスしたことがある。一度だけ。軽く触れるだけのほんの短いキスを。そのときのぼくはほとんど死にかけていたから、憐れみのキスだったかもしれない。殺人事件の捜査が最終段階を迎えていたので、見当ちがいの安堵感があったのかも。どちらにしても、あのキスでその先のことが約束されたとは思わなかった。ホームズも同じように言っていた。もしも彼女が本気でぼくとのロマンティックな関係を望んでいるとしても、彼女が一トン分もの心の傷と格闘しているのは容易に見て取れる。前にも言ったけど、ぼくは彼女に無理をさせるつもりはない。ふたりのあいだに紡がれた絆のようなものはもろく壊れやすく、それを粉々にして関係を悪化させてまでその先に進みたいのか、ぼく自身にもわからない。こんな気まずい夜になってしまった以上、関係は悪化するだろう。

次の朝、ぼくたちはテート・モダン美術館に出かけなかった。ここ数日間の習慣どおり朝食をパスし、二時間ほど眠っていた。荷造りするあいだ、ふたりとも口をきかず、ドレッシングガウンと靴下姿のホームズは顔色がずっと青白いままだった。母と、目に涙をいっぱいためた妹に別れを告げてから駅までの道を歩いたときも、たがいに無言だった。サセックスに向かう列車の個室でも、彼女は窓の外に顔を向け続けていた。ぼくは小説を読むふりをしたけれど、すぐにやめた。ぼくは彼女をだますようなまねはしない。だれもだましたりしない。

ようやくイーストボーンで列車を降りてみると、歩道の脇に黒塗りの車が待っていた。

ホームズが両手をポケットに入れたままぼくに向き、小声で言った。

「この訪問はきっとうまくいく。家の中にきみがいるなら大丈夫だろう」

「おたがいに口をきいてたら、何もかも〝大丈夫〟になるだろうけどね」

傷ついているのを悟られないように言ったら、彼女は驚いた様子で返した。

「わたしはいつだって話をしたいと思っている。だが、きみのことはよくわかっている。きみはつねにものごとをよい方向に進めたいと考えているが、わたしは、今おたがいに話をしても事態がより悪い方向に向かわないという確信がないんだ」

運転手がぼくたちの荷物を受け取るために回ってきたので、ホームズはおざなりにぼくの肩をたたき、彼に挨拶するために歩道から下りた。ぼくはスーツケースを持ったままその場に立ちつくし、状況をコントロールする手段として沈黙を選んだ彼女に腹を立てていた。何もかもを彼女が決定していることに腹が立つ。自分がペットみたいに扱われていると感じ、数ヵ月ぶりに、まるで世界がふたつに割れて自分が迷子になったような感覚がどっと押し寄せてきた。

そもそも数ヵ月前に今と同じ感覚を持ったせいで、ぼくは〝シャーロット・ホームズ＝ジェイミー・ワトスン〟関係という大いなる混乱に放りこまれることになったのだ。なんという皮肉だろう。


屋敷に着いたとき、彼女の両親は出迎えてくれなかった。ぼくにとってはかえってありがたかった。彼らに対して、いや、だれに対しても愛想よくできるとは思えなかったから。代わりに家政婦（上品で、物静かで、ぼくの母ぐらいの年齢の女性だ）が出迎えてくれた。彼女にコートをあずかってもらい、屋敷の中を案内され、彼女がトレーで運んでくれたランチを食べ終わったころには、もうあたりは暗くなっていた。

その夜、ぼくがチェコスロバキアに関する即席講座を受け終わったあと、家政婦が木箱を出してきて、ぼくはその上に立たせられた。彼女は首から長い巻き尺をさげながら、ぼくには丈が長すぎるマイロのズボンの裾上げを始めた。スーツを着てホームズの部屋に戻ってきたとき、そこに家政婦しかいなかったので、ぼくはもぞもぞ動かないようぶざまに立ちながら、ホームズがどこに隠れているのかを想像した。たぶんビリヤード室で玉を撞いているか、あるいはホームズ家では幼少期に訓練するという噂どおりに目隠しをしたまま手探りで自宅内の障害物コースを進んでいるのだろう。でなきゃ、クローゼットの中でチョコレートビスケットを食べているのかもしれない。

「さあ、仕上がりました」

ようやく家政婦が告げ、立ち上がって自分の仕事ぶりを満足そうに眺めた。

「とてもハンサムに見えますよ、ジェイミーさま。オープンカラーがお似合いだこと」

ぼくは左右の袖口を引っぱった。

「頼むから、その呼びかたはやめてよ。ところで、ホ……シャーロットがどこにいるか知らない？」

「上のお部屋だと思いますが」

「上って言っても、ここにはいくつもあるけど」

借り物のスーツを着て屋敷の中をあてもなくさまよう自分の姿が頭に浮かんだ。ある意味、それは障害物コースだ。

「二階？　三階？　四階？　ええと、四階はあったっけ？」

「ご主人さまの書斎に行ってごらんなさいませ」

彼女はドアを開けて押さえてくれた。

「三階の東棟ですよ」

ひょっとするとロンドンからサセックスまでの移動時間のほうが短いんじゃないかと思えるほど時間がかかった末に、ようやくホームズの父親の書斎を見つけた。肖像画がずらりとかけられた廊下の突き当たりだ。この棟は屋敷の中でもひときわ古そうで、暗く感じられた。並んだ絵がぼくをにらむように見下ろしてくる。その一枚の中で、ホームズの父親とその妹と弟たちが本の積み上げられたテーブルのまわりに集まっていた。アリステア・ホームズは娘と瓜ふたつに見えた。堅苦しく、内にこもった感じで、両手を前に組んでいる。人なつこい笑みを浮かべている人物はまぎれもなくレアンダーだ。彼はもう屋敷に到着したのだろうか。もう来ていればいいんだけど。

「入りたまえ」

書斎のドアの向こうからくぐもった声が聞こえた。まだノックもしていないのに。もちろん、ホームズ家の人間はぼくがここにいるのを知っている。この屋敷に秘密がいくつもあるのは疑いないけれど、ぼくのほうの秘密は何ひとつ秘めておけやしないだろう。

ドアノブをつかもうとして、手を止めた。廊下の最後にかかっている肖像画にふいに気がついた。ぼくの横にシャーロック・ホームズがいた。唇をすぼめ、片手に拡大鏡をつかみ、肖像画を描かれるというたくらみにうんざりした顔をしている。だれかのためにホームズらしいポーズを取らなくてはいけないのが、いやでたまらないのだろう。彼の背後にはワトスン博士が立っている。ぼくのひいひいひいおじいちゃんだ。元気づけるように親友の肩に手を置いている。

これは、すべてがうまくいく徴候だと考えてもいいんじゃないか。でも、肩に置かれた手をじっと見ているうちに、シャーロック・ホームズはその手を何度振り払おうとしたのだろうという疑念が浮かんだ。ワトスン一族は代々マゾヒストなんだ。そう考えながら、ぼくはドアを押し開けた。

部屋の照明は薄暗く、目が慣れるまでに数秒かかった。中央にどっしりとしたデスクが置かれ、奥に書棚の列が翼のように広がっている。集められた膨大な知識の前にはアリステア・ホームズがすわり、思慮深い目をぼくに向けていた。

一瞬にして、彼のことが好きになった。それは望ましいことじゃないとわかっている。みんなの話では、訓練と期待とで娘を半分死に追いやったのだから。でも、彼はぼくのことをすべてお見通しだ。あの光る目を見ればわかる。シャーロット・ホームズが何度もぼくに見せたのと同じ、相手を読み取る目だ。彼はその目でありのままのぼく――借り物のスーツを着てどぎまぎしている中産階級の男の子――を見た。評価はまだ下していない。

正直、彼がぼくの社会階級に注意を払うようには思えなかった。感情が引っかき回される数日をすごしたあとなので、ちょっとした無関心に遭遇するのは心地よかった。

「ジェイミー」

意外にも彼の声はテノールだった。

「どうかすわってくれたまえ。ようやくきみと会えてうれしいよ」

「ぼくもです」

そう言って、彼の真向かいにあるひじかけ椅子に腰かけた。

「滞在を許していただき、ありがとうございます」

彼は手を振った。

「当然のことだよ。きみは娘をとても楽しい気分にさせてくれた」

「どうも」

そう答えたものの、アリステアの言ったことは真実の一部にすぎない。ぼくは彼女を楽しい気分にさせたとは思う。だけど、彼女をみじめな気分にもさせた。ふたりの隠れ家が燃えているときには、彼女を抱きしめた。ブライオニー・ダウンズのきらきら光るピンク色の電話を通じてルシアン・モリアーティが彼女を愚弄したときは(「言わばこれは小手調べだ。わたしは、きみにとって何が重要なのかを見たかった。そこの愚かな坊やがどれほどきみを信用しているかを見たかった。わたしが彼を脅し、きみが彼にキスする。そこでストリングスが鳴り、拍手がわき上がる」)、ぼくは立っていられないほど衰弱し、彼女の足元でぶっ倒れていた。そして今、彼女はぼくのせいで広大な屋敷のどこかに隠れてしまい、そのあいだぼくは、父親との軽いおしゃべりという彼女がいつも毛嫌いしていた行為の真っ最中だ。

「廊下の一番手前にかかっている、われわれの先祖どうしが描かれた肖像画は気に入ったかね？　きみが立ち止まって見たのが聞こえたよ」

「あなたはシャーロック・ホームズにとてもよく似てますね。というか、絵の中の彼に」

アリステア・ホームズがうなずいた。ふと、社交辞令なんか放っておいて現実的な話がしたい、とぼくは思った。

「あの絵を見ながら、ものごとに終わりはないのかと、ふと考えさせられました。つまり、シャーロットとぼくはこうして行動をともにしてます。ふたりで殺人事件を解決し、突き止めた黒幕はモリアーティ家のひとりでした。まるで歴史が繰り返してるみたいです」

「世の中には多くの家業がある」

彼は両手の長い指先を合わせて山を作り、あごの下に当てた。

「靴職人は店を息子に譲る。弁護士は娘を学校に通わせ、法律事務所に席を用意する。われわれには、遺伝的形質や思考の教育を通じて子孫に伝えてきた、ある特定の類似要素があるかもしれない。だが、それが自分たちにはまったく制御できないものとは思わない。われわれは永遠に岩を山の上に押し上げるシジフォスの末裔ではないのだ。たとえば、きみの父上を見たまえ」

ぼくは相手の思考の流れについていこうとしながら答えた。

「父は販売業を営んでます」

ホームズの父親は片方の眉を上げてみせた。

「そして、廊下できみが見とれていた肖像画を描いた女性は、モリアーティ教授の娘なのだよ。彼女は父親の数々のおこないを詫びるために、あの絵をわが一族に贈ってくれた。過去の行為が繰り返されることもあろうが、それをもってわれわれが運命から逃れられないと考えるべきではない。きみの父上は謎を解くことが好きかもしれないが、合衆国に転居して以来、見物する側に多くの楽しみを見いだしているように思われる。それゆえにレアンダーの影響から逃れられているのだろうね。わが弟は実際、カオスの元凶だから」

「彼が……レアンダーがいつ到着するかわかりますか？」

「今夜か、あるいは明日か」

彼は腕時計を確かめながら答えた。

「弟にかかわると、正確さというものが失われてしまう。弟の要求を中心にして、世界のほうが形を変えざるをえないのだ。そういう面ではシャーロットとよく似ている。観察者でいることに満足せず、正義の裁きを与えることにさえ満足しない。あのふたりにとって、他者の利益のために仕事をすることが第一の目的であったためしがないのだ」

　ぼくは自分の意に反して身を乗り出していた。その堅苦しい言葉づかいや決然としたまなざしから、アリステア・ホームズはまるで遠い過去から来た存在のように思えた。ほとんど催眠術のように、ぼくは彼のかけてくる呪文にあらがえなかった。

「それなら、シャーロットとレアンダーの目的はなんだと思います？」

「世界に対して自己を主張すること……そのようにわたしは考えてきた」

　アリステアは肩をすくめた。

「ふたりは舞台裏でくすぶってなどいられない。いつも首尾よく芝居そのものの中に入りこんでいる。そういう意味では、だれよりもシャーロックに近いのだろう。シャーロックはつねに魔術師になろうとしていた。実はわたしは何年も英国国防省に勤務していて、いくつかの国際紛争の計画立案者だったのだが、それでもデスクを離れることはめったになかった。理論上の軍隊を理論上の戦場で動かすことに満足し、計画を実行に移すのは他人にまかせていた。息子のマイロも同様の仕事をしている。いろいろな点で、結果はさておき、息子はその鋳型から自分自身を作り上げた」

「でも、それが一番いいやりかたでしょうか？」

ぼくは思わずそう言った。食ってかかるつもりはなかった。ただ口がすべったのだ。

「自分の行為がもたらした結果を自分の目で確かめて、そこから学び、次回にもっと賢明な決断をするほうがいいと思いませんか？」

「きみは思慮に富んだ子だな」

彼が本気でそう言っているのか、よくわからなかった。

「シャーロットがオーガスト・モリアーティと大失態を演じたあと、わたしは娘を再起のために米国へやらずに英国にとどめ、あの子に自分の行為がもたらした結果を見せつけるべきだったと、きみは考えているのかね？」

「ぼくは……」

「責任の取りかたにはいろいろある。自分の罪を必ずしも自分の血で、あるいは自分の将来を犠牲にすることで償う必要はない。だが、廊下の先にシャーロットの足音が聞こえているから、この話題を変えたほうがいいだろう」

彼は目をすがめてぼくを見た。

「きみは想像とはちがっていた」

「どんなだと思ってました？」

急に自意識が過剰になるように感じつつ質問した。ぼくはこういう深海みたいに底の見えない会話には向いていない。

「本来のきみよりもはるかに過小な評価をしていた」

アリステアは立ち上がって窓辺まで歩き、海に向かって落ちこんでいる暗い丘を遠く眺めた。

「残念なことだ」

「何がですか？」

ぼくがきいたとき、書斎のドアに鋭いノックが響き、ホームズが顔を覗かせた。

「お母さまに殺されてしまう。五分前には全員が下の階にいないといけなかったのに。こんばんは、お父さま」

「ロッティ、わたしもじきに行くから、ジェイミーをダイニングルームまで連れていってあげなさい」

父親は窓から振り向きもせずに言った。

「そうします」

彼女はそっけなくぼくの腕の中に手を入れてきた。ぼくたちはまだ喧嘩しているんだろうか？　そもそも喧嘩をしてたんだっけ？　その件についてぐずぐず考えるのにはもう疲れたし、とにかくこんな真冬にホームズ家の壮大な屋敷にいる状況で、そんなことはどうでもよかった。通訳係としてホームズがいてくれなければ、ぼくは今週を生きて乗り越えられないような気がしてきた。

「すごくすてきに見えるよ」

ぼくは言った。実際、ロングドレスを着て、濃い口紅をつけ、髪を上げて結んだ彼女はすてきだった。

彼女はため息をついた。

「わかっている。ひどいだろう？　さっさとこれをすませてしまおう」

シャーロットの母エマ・ホームズは、ぼくにちっとも話しかけてこなかった。彼女はまったくだれにも話しかけなかった。左手に指輪をいくつもきらめかせ、その手で首の後ろをさすっていた。右手はワイングラスを手放さなかった。それは別にかまわないけれど、問題は、ダイニングルームがユーラシア大陸だとしたら、ぼくがシベリアのどこかにすわらされていることだった。

ぼくの席はホームズの母親とチェコ大使の娘のあいだ。大使の娘はエリスカという名前のむっつりと黙りこくった女の子で、ぼくをちらっと見たあと、勘弁してよという顔で天井を仰いだ。きっとぼくの信託基金が不足気味であるのを嗅ぎつけたか、ボランティアの図書館員でなくボランティアの消防団員に見えるぐらい筋骨たくましくて背の高いジェイミー・ワトスンを期待していたのだろう。どちらにしても、エリスカは食事にため息をつくばかりで、ぼくはホームズの母親と雑談をする役目を押しつけられてしまった。

ホームズ——つまり、ぼくのホームズ（そうであってくれたとして）——は、なんの助けにもならなかった。自分の皿にのっている食べものをすべて細かく切ったあと、それをせっせと並べ替えている。でも、あの遠い目つきを見れば、テーブルの反対側の端で交わされている会話に気を取られているのがわかる。テーブルで聞こえている会話はたったひとつで、それはピカソのスケッチの相場価格についてだった。アリステア・ホームズが痩せた顔つきの美術館館長のまちがいを正している。ルーブルで働いているどの人間よりも、明らかにアリステアのほうが美術について詳しいのだ。ぼくはそのことに驚くだけの元気がなかった。

実のところ、まったく元気が出なかった。この家の持つ恐ろしさがいつ目に見える形で現実化するかとずっと身がまえていた。もっと冷たい歓待をされるとばかり思っていた。ホームズ家の人間たちは、ぼくをなんとか知的な存在にさせようと火の輪くぐりをさせるのではないかと。ところが、実際にぼくを待っていたのはとてもおいしい食事と、ホームズの父親との謎めいた会話のひとときだった。ここに来る前にホームズから聞かされてきた警告を思い出し、なんだかわけがわからなくなった。

　彼女の母親が小さな声でぼくに告げた。

「お話もせずにごめんなさいね、ジェイミー。わたしはこのところ体調が思わしくなくて病院を出たり入ったりだったものだから。ディナーを楽しんでくれているといいのだけれど」

「とてもおいしくいただいてます。体調のこと、お気の毒です」

　そのとき、ホームズがぼくたちのほうにさっと注意を向け、皿の上でフォークを動かしながら言った。

「お母さま。ジェイミーにごくふつうの質問をしたらどうですか。むずかしいことではありません。学校が気に入っているかとか、妹がいるかとか、そんなことを」

　たちまち母親の顔が紅潮した。

「そうね。ロンドンでの滞在はどうだった？　ロッティはあそこが気に入っているわ」

「ぼくたちは存分に楽しみました」

　そう答えながら、ぼくは娘のほうをにらみつけた。母親は精いっぱいの対応をしているんだと思う。ベッドで寝ていたいだろうに、わざわざドレスアップしてこんなディナーに出なきゃいけないなんてかわいそうだ。

「テムズ川沿いを散歩したり、書店をめぐったり。のんびりしたものでした」

「たいへんな学期を送ったあとに休暇を取るのはいいことだと、わたしは心から思っているの。聞いたところでは、あなたたちにはことのほかつらい学期だったようだし」

　ぼくは笑った。

「つらいなんてものじゃなかったです」

　母親は少しぼんやりとした目つきでうなずいた。

「そのことだけど、もう一度聞かせてちょうだい。あの男子生徒の殺人について、真っ先に容疑をかけられたのが、なぜあなたとうちの娘だったの？　男子生徒はうちの娘にひどいことをしたのよね。あなたに累がおよんだのは、いったいどういうわけかしら？」

　ぼくはできるだけ軽い調子になるように答えた。

「自分から進んで容疑者になったわけじゃありません。あなたがそういう意味できいているのでしたら」

「そうね、あなたがうちの娘にばかげた恋心を抱いたことが理由だとは聞いているわ。でも、だからといって、それだけであなたがわざわざ関与するのが理解できないの」

まるで平手打ちを食らった気分だった。

「えっ？　ぼくは……」

シャーロットは食べものの並べ替えを続けている。表情は変わらなかった。

母親はとても静かな口調で続けた。

「単純な質問よ。もう少し複雑なききかたをすると、そうした疑いがすでに晴れているのに、どうしてあなたはまだ娘につきまとっているのかしら？　娘が今もあなたを利用している理由が、わたしにはわからないの」

「ぼくは彼女に好かれてるんだと思ってます」

言葉をはっきりと発音して反論した。当てつけじゃない。口ごもってしまうのが怖かったからだ。

「ぼくたちは友人で、冬休みをいっしょにすごしてるんです。何も変わった考えじゃありません」

「あらそう」

そのひと言には多くの意味が含まれていた。懐疑、嘲笑、それから大量の軽蔑。

「にもかかわらず、娘には友人がいない。あなたがハンサムであることや、貧しい家庭の出であることはほとんど問題にはならないわ。想像するに、あなたは娘のあとならどこへでもついていく。そうした関係は、ロッティのような子にとって好ましいものにちがいない。都合のよい侍従。でも、あなたにとってその関係の中に何があるというの？」

もしこれが別の場所で、別の人間に言われたとしたら、すぐにホームズが重戦車みたいな勢いで会話に飛びこんできただろう。ぼくは自分の身の守りかたぐらい知っているけれど、鋭くて恐れを知らないホームズの機転に慣れすぎたせいか、それがないことで、すっかり言葉を失っていた。

ホームズはまるで放心状態だった。遠くて暗い目をしたまま皿の上でフォークを動かし続けているだけ。エマ・ホームズの体内で、どれほど長いあいだこの思いがくすぶっていたのだろう。それとも、母親によけいな口出しをしたシャーロットに対する即席の罰なのだろうか？

エマ・ホームズがぼくにぎらりと目を光らせた。

「もしもあなたが何かたくらんでいるのなら、もしもだれかに雇われているのなら、もしも娘が与えることのできないものを求めているのなら……」

「もうそれ以上は……」

ようやく娘が口を開いたけれど、母親にあっさりさえぎられた。

「もしも娘を傷つけたなら、あなたを破滅させてやるわ。話は以上よ」

エマ・ホームズはテーブルの客たちに向き直り、声を高めた。

「ウォルター、あなたが取り組んでいらっしゃる展示について教えてくださらない？　今の話で、ピカソの名前が出たと思うのですけれど」

罰じゃなかった。娘に対する愛情だった。恐ろしいほどの。

シャーロットがかすかに肩を震わせているのが見えた。食事の時間がいつもこんなふうだとしたら、彼女に食欲というものがないのも無理はない。

テーブルの向こうで美術館館長がナプキンで口をはたいた。

「そう、ピカソです。アリステアがホームズ家の個人コレクションについて話してくれていたのです。ロンドンに保管されているとか。ぜひとも拝見したいですな。ご存じのようにピカソはきわめて多作で、膨大なスケッチを贈り物として手放したため、絶えず新たな作品が発見されています」

ホームズの母親が手をひらひらさせた。その身ぶりの意味を、ぼくは娘から学んで知っている。

「秘書に電話してください。わたしたちの所蔵品をお見せする手配をさせますので」

そのとき、ぼくは断って中座させてもらった。映画でよくあるみたいに、冷たい水で顔をばしゃばしゃと洗いたかった。驚いたことにエリスカもナプキンを椅子に落とし、ぼくのあとについて廊下を歩いてきた。

「ジェイミー、です？」

あまりうまくない英語でそうきいてきた。ぼくがうなずくと、彼女は振り向いて廊下にだれもいないことを確かめてから言った。

「ジェイミー、この食事会は……くそ」

「同感だね」

彼女は洗面所に入って鏡を覗きこんだ。

「うちの母、英国いるのは一年間だって言う。プラハの友だち恋しくなるほど長くない。新しい友だち作る。でも、ここ、一〇〇〇歳の老人か、まぬけか、無口しかいない」

「ここにいる全員がそういうわけじゃないよ。ぼくはちがう。シャーロット・ホームズもそうじゃない。いつもはね」

エリスカは指先を使ってはみ出た口紅をぬぐった。

「ほかの場所なら、たぶん彼女、もっとましかも。でも、こういう大きな家の家族ディナー行くと、十代の子たちしゃべらなくて、食事すごくおいしい。わたしの国では食事ひどくて、十代の子たちすごく楽しい」

彼女が肩ごしにぼくをじっと見た。

「母とわたし、あと一週間で国に帰る。母は政府で新しい仕事する。もしプラハに来ることあれば、訪ねてきて。あなたのこと……どう言うのだっけ……同情する」

「義理のお誘いはいつでも大歓迎さ」

その反撃は本心から言ったわけじゃない。エリスカには伝わった。彼女はちらっとほほ笑むと洗面所を出ていった。

テーブルに戻ってみると、エマ・ホームズはもう寝室にさがっていた。デザートが出されていて（サイズが親指の爪ぐらいの繊細なチーズケーキ）、アリステアがシェリングフォード高校についてどうでもいいような質問を娘に投げかけていた。化学の個人指導でどんなことを学んだ？　講師は気に入っているか？　そのスキルをどのように推理の仕事に適用しようと考えている？　どの質問に対してもホームズはひと言で答えていた。

一分後、ぼくはもうそれ以上質問を聞いていられなかった。彼女が得意の手品をひとつも見せないので、聞く気にならない。見えない帽子からウサギも出さないし、自分を別の人間に変えることもない。今回は筋肉のひとつも動かさないまま、彼女は背もたれの高いビロード椅子の中に完全に消えてなくなろうとしていた。

ぼくは彼女が見えなくなっていた。この家の中では、さっぱり見えない。ぼく自身さえ見えなかった。

　これはたぶん、人がたがいの身に降りかかった災厄という基盤の上に友情を築き上げた場合に起きる現象だろう。災厄がなくなれば友情はあっけなく崩れ去り、人は次の大地震を切望するようになる。本当はもっと複雑な事情があることぐらい、ぼくだって心の奥底ではわかっている。でも、安易な解決法がほしかった。うまいこと殺人事件でも降ってわかないか、なんて思うのは最低だけど、どこかでそれを望んでもいた。

　ホームズは何も言わずにディナーを終えて出ていった。ぼくが追いついたときにはもう寝室のドアに鍵をかけたところだった。五分間ずっとノックしたけれど応答はなく、ぼくは廊下でしばらく呆然と立ちつくしていた。上の階から男の怒鳴り声が聞こえた。

「彼らはわれわれにそんなことはできない。われわれから奪うことなど無理だ」

　それからドアの閉まる大きな音がした。

「このようなことは困ります」

　いきなり背後から声がして、ぼくは跳び上がった。家政婦だった。哀れな犬みたいに廊下で待っているぼくを見とがめたのだ。彼女はぼくの部屋まで連れていってくれた。その親切ながら事務的な態度を見ると、きっと迷子捜しに慣れているにちがいない。

　そのあと、ぼくは寝室のばかでかいベッドの上で、部屋のばかでかい窓が風に吹かれるたびにがたがたと鳴るのを聞きながら夜をすごした。〝夜をすごした〟というのは正確な表現だ。ぼくはほとんど眠れなかったから。よからぬことを望む人間は、今やこの家の中にぼくひとりでないとわかっている。まぶたを閉じるたびに、テーブルの反対側で肩をすぼめて無になろうとしていたホームズの姿が浮かんだ。とても寝られやしない。ひとたび決心したら、彼女は何がなんでも手のひらいっぱいの錠剤を飲んで、世界を締め出しにかかるに決まっているのだから。それを実行した彼女を、ぼくはすでに一度、父の家のポーチで目撃している。あんな場面はもう二度と見たくない。

あのときは、ぼくが彼女を止めた。でも、今は止められるとは思えない。今の彼女にとって、一番助けになってほしくない相手がぼくだ。なぜなら男だし、親友だし、たぶんそれ以上の存在になりたいと望んでいるし、しかも、彼女のほうはふたりのあいだに築いた壁に休むことなく新しいレンガを積んでいる。

午前二時になったとき、起き上がってカーテンを閉めた。三時半には、それをまた開けた。空にかかった月がランタンみたいに明るいから、枕で顔をすっぽりおおった。それから眠りに落ち、夢の中でサセックス地方をじっと見渡しながら夜明かしししていた。

四時に目が覚めた。でも、まだ夢を見ているのだと思った。ベッドの足元のほうにホームズが腰かけていた。よく見ると、ぼくの両足の上にすわって身動きを封じている。状況としてはセクシーかもしれない。ただ、彼女の着ているぶかぶかのTシャツにプリントされた〝化学反応は愛し合う者たちのため〟という文句がばかばかしい上、彼女がずっと泣いていたあとみたいな顔だったので少し恐ろしかった。

いつしか頭の中で、父から教わったホームズ家の人間に対処するためのルール一覧をスクロールしていた。

ルール28、おまえの気が動転したとき、ホームズに落ち着かせてもらおうなどと考えるな。感情を持つことをたしなめられるだけだ。

ルール29、もしもホームズの気が動転したなら、銃器をすべて隠し、部屋に新しい錠を取りつけること。

ぼくは両ひじをついて上体を起こそうと、うめきながらもがいた。

「動かないで」

ホームズの声はなぜか墓地を思わせた。

「そのまま何も言わず、一分間だけわたしの話を聞いてくれ」

気持ちの高ぶったぼくはそんな指示にはしたがえなかった。

「なんだ、今は話をするのか？　ふたりして頭のおかしい家族に夕食のテーブルで内臓まで抜かれてるとき、おたがいに無言で見捨てることに決めたんだと思ってたよ。それとも、黙殺の第二弾を受けるために、ぼくはもう一度きみにキスしようとしたほうがいいのか」

「ワトスン……」

「芝居がかった態度はもうたくさんだよ。ちっとも楽しくない。これはゲームじゃないんだ。今は十九世紀でもない。ぼくの呼び名は〝ジェイミー〟で、ぼくたちが物語の一部であるかのようにふるまう必要なんかない。ぼくのことを好きでいるふうにふるまってくれたら、それでいいのに。きみはもうぼくを好きでさえないのか？」

自分の声がうわずっていて、きまりが悪かった。

「それとも、ぼくは単に……きみが夢見てる人生を支える黒子《くろこ》でしかないのか？　気づいてるかどうか知らないけど、ぼくたちはもう現実の生活に戻ってるんだよ。ルシアン・モリアーティはタイにいて、ブライオニー・ダウンズはどこかで黒い箱に入ってて、ぼくたちの最大の問題といったら、明日またあの支離滅裂なお母さんと朝食のテーブルを囲まなきゃいけないってことぐらい。ぼくは現実のありがたみを嚙みしめてるよ」

彼女は片方の眉をつり上げた。

「朝食なら家政婦がトレーにのせて部屋まで届けてくれる」

「きみなんか嫌いだ」

ぼくは実感をこめて告げた。

「大っ嫌いだよ」

「もう気がすんだか？　それともまだ服を引き裂かないとおさまらないか？」

「……ううん。このズボンは気に入ってるんだ」

「それならいい」

彼女はそこでゆっくりと息を吸った。

「わたしは、きみに対して望んでいることがある。これは知的なことで、肉体的なことは望んでいない。つまり、きみに……そうしてもらいたいが、そうしてもらいたくない。きみに望んでいるのは……わたしが望んでいないことなんだ」

彼女が体重を移動させるのを感じた。

「わたしがこれを望むのは、おそらくきみがこれをわたしに望んでいると思うから、という理由からだ。これを得られないと、きみがどこかへ行ってしまうのではないかと危惧している。よくはわからない。いずれにせよ、自分の反応を制御できていないと自覚するほどでなければ、わたしはきみを傷つけているのがちゃんとわかる。正直、今はそのことを心配していない。そうはなりえないから。だが、わたしは今の状態を遺憾に思っている。きみも遺憾に思っている。わたしを見るたびにきみはたじろぐから。きみがよからぬたくらみを持っていると母が解釈したのは、ひとえにこの状態のせいだ。ディナーの席で母がきみをばらばらに引き裂いたとき、わたしは気分がよかった。というのも、きみに対して不満があり、それをぶちまける自由がわたしにはないから。ワトスン、この状態はうんざりするし、完全な時間の浪費で、たがいに相手を手放さないかぎり出口は見えない。とはいえ、きみを手放すことはわたしの選択肢にはない」

「ぼくの選択肢にもないよ」

「わかっている」

彼女は唇をねじ曲げた。

「つまり、われわれはこの牢獄を分かち合うしかないわけだ」

「いつかはふたりでどこかの刑務所に入るってわかってたよ」

月が雲に隠れ、部屋の中に暗闇が忍びこんだ。彼女が何か言うのを待った。けれど、しばらくたっても彼女は、じっと待つぼくを見つめてくるだけだった。ぼくたちはおたがいを鏡に映しているようだった。いつもそうだ。

でも、いつもみたいにちりちりと帯電するような空気にはならなかった。息がつまりもしなかった。ぼくはきいた。

「じゃあ、どうする？　きみはセラピストにかかって、ぼくはロンドンに帰る？」

「心理学など認めない」

「でも、今のきみには必要かもしれない」

驚いたことに、彼女が隣に寝そべってきた。黒髪が広がって彼女の目にかかる。

「ワトスン、実験をしてみないか？」

「正直、あまり気が進まないけど」

「いいから。むずかしいものではない」

枕に顔をうずめたまま言う彼女に、ぼくはうなずいた。

「わかった。どんなの？」

「わたしの頭に触れてほしい」

ぼくはおそるおそる人さし指を突き出し、彼女の頭皮をつついた。

「ちがう」

強い口調でそう言うと、彼女はぼくの手をつかみ、まるで熱を測るときみたいに自分の額に持っていった。

「こういうふうにだ」

「なんの意味があるの？」

「きみは性的でない接触を実演している。親が子どもに触れるのと同種類のものだ。この前の学期にきみの具合が悪くなったとき、わたしはきみのベッドに入ることになんの抵抗もなかった。何も起きないとわかっていたから。ほら、わたしは今ひるんでいない。きみを殴りたいとも思っていない。この発見を記録しておくべきだな」

彼女の声はうれしそうだった。

「待ってよ。この前の夜はぼくを殴りたかったの?」

ホームズは枕から顔を上げた。

「わたしはいつだって何もかも殴りつけたい」

「それは気の毒に」

「わたしもラグビー部に入るべきだな」

彼女の口調は神経質だった。時間稼ぎの言葉。

「……その、顔に触れてほしい。この前の夜にあのまま続けていたら、きみがしたはずのやりかたで」

ぼくはしばらくホームズに目をこらしていた。

「きみの手伝いなら喜んでするよ……これがなんであってもね。だけど、実験台にされるのはごめんだ」

「実験台になってほしいのではない。きみに理解してほしいんだ」

どういうわけか呼吸するのが危険だと思われてきて、ぼくは息を止めた。できるかぎりじっとし、手だけは、柔らかくてつややかな髪から頬へと動かしていった。暗がりの中で彼女の肌が青白く見える。頬骨に沿って親指でなでると、青白かった頬がほんのりとピンク色に染まった。彼女の口が開いた。キスのことを考えないように自分の唇をぎゅっと噛みしめつつ、彼女の口を人さし指でそっとなでる。彼女の手がぼくの胸まで上がってきてTシャツを引っぱり、ぼくを自分のほうへ引き寄せた。ぼくが彼女をマットレスに押しつける格好になったとき、鼻が彼女の首をつついたせいで、くすくす笑われた。彼女の吐き出した息は少し強かったけど柔らかくて、ぼくは何ヵ月も夢に見てきたやりかたで彼女の髪に指をからませた。何もかもが、ずっと夢見ていたことだった。彼女はキスを求めるように首をこちらに曲げ……。

次の瞬間、ぼくは胃のあたりにひじを打ちこまれ、突き飛ばされた。

「しまった」

彼女がそう言うのを聞きながら、ぼくは空気を求めてあえいだ。彼女は続けざまにもう一度毒づくなり、顔を枕でおおった。

「なんてひどい実験だ」

ぼくは言いながら吐きそうだった。冷たいシャワーを浴びたい。たぶん、冷たいシャワーを浴びながら、浴槽に吐くだろう。それで気分がよくなるように思えたので、ぼくはふらつきながらベッドから下り立った。

　彼女はうなずいた。枕が上下に動いたのでわかる。そして、くぐもった声が言った。

「戻ってきて」

「なんで？」

「なんでもいいから……」

「ホームズ……大丈夫か？　その、本当に大丈夫？」

　とんだ間の抜けた質問だけど、ほかのききかたが思いつかなかった。

「その質問をするのがわたしの家族ではなく、いつもきみだというのが、少しばかり理不尽だと思わないか？」

「正直に言っていいかな？　いつも思ってるよ」

　ホームズが枕をどかし、ぼくたちはたがいに見つめ合った。

「両親は、この手のことがわたしの身には起きるべきでなかったと考えている。わたしのような……有能な者には」

「きみの落ち度じゃない」

　ぼくは勢いこんで言ったとたん、気がついた。

「嘘だろ。きみのせいじゃないって、だれも言ってくれなかったのか？　この世にそんなひどい家族があるなんて……」

「口に出しては言われなかった。言外にほのめかされはしたが」

「なら、いくらかはましだけどさ」

ぼくは床に目を落として続けた。

「きみが心理学を嫌いなのは知ってるけど、今までにそれについて考えたことを……」

「トークセラピーは万能薬でない。ドラッグも同様だ。消え去ってほしいと願うことも」

ちらっと目を上げてみると、彼女は悲しげな笑みをかすかに浮かべていた。

「ワトスン、戻ってきて」

「どうして？　いや、本当の理由を聞かせてほしいんだ」

ホームズはうめき声とともに枕を胸のところまで下ろし、にらむような目つきでぼくを見た。

「なぜなら、さっき見せた反応とは逆で、きみに行ってほしくないからだ。それに……あんなことの二の舞はごめんだ。わたしはただ眠りたい。思うに、ふたりにとって、ふだんしてきたようにたがいに話をし続けることのほうがずっと簡単だろう。朝一番の形式的な慣習に縛られる必要がなければだが」

ぼくはベッドに慎重に腰を下ろした。

「ぼくにはまだよくわからないんだけど」

「わたしはそれでかまわない」

ホームズはあくびをした。

「もう明け方だ、ワトスン。眠るとしよう」

ぼくはシーツの中にそっともぐりこみ、ふたりのあいだに十センチほどのスペースが空くように気をつかった。これは精霊のために残す空間、と半ばやけになって考えた。教会には子どものとき以来ごぶさただけど、たぶん修道女たちはこういう意味だと正しく理解していたのだろう。

「あいだにスペースを確保しているのか？」

「いや、ぼくは……」

「おかしくはない」

もう明け方だし、ぼくたちは疲れてきっていた。ホームズが笑いをこらえているのがわかった。

「ぼくたちに必要なのはおもしろい殺人事件だよ」

自分がどれほどひどいことを言っているのか、ぼくは気にもしなかった。

「でなきゃ、誘拐事件でもいい。こういうことに頭を悩ます暇がないほどおもしろいことが起きればいいのにな」

「こういうこと？　それはセックスのことか？」

「いろいろだよ」

「実はリーナがずっとメールを送ってきているんだ。インドからこっちに飛んできて、われわれをショッピングに連れ出したいらしい」

「そんなの気晴らしじゃないよ。海に身を投げたくなるような苦行だ。ぼくに必要なのは爆発とかそういうのさ」

「きみはいかにも十六歳の男子だ。われわれに必要なのはおそらく連続殺人犯だと思う」

　この翌日にレアンダー・ホームズが姿を見せ、三日後に姿を消すことになる。そして、そのあと何週間も、ぼくは考えることになる。あんな願いを口にしたから、そのあとぼくたちの身に降りかかった一連のできごとを招き寄せてしまったのではないかと。

第三章

目覚めたとき、隣にはシャーロットが横たわっていて、ほかのだれかが勢いよくカーテンを開けた。

急にまぶしさに襲われても、部屋に見知らぬ人物がいるとわかっても、ぼくは目を開けることさえできなかった。まだ五分しか眠っていない気がしていた。たぶんこの五ヵ月間で五分だけ。

「どっか行ってくれ」

口の中でそうつぶやいて寝返りを打ったとき、もの憂げな低い声が聞こえた。

「シャーロット。そのTシャツを贈ったとき、その文句を文字どおり解釈させようとは思っていなかったんだがな」

そこでぼくはどうにか薄目を開けたけれど、しゃべっている男は逆光の中でシルエットになっていて顔が見えなかった。

「わたしにこれを着せようとも思っていなかったでしょう?」

ぼくの隣でホームズが応じた。でも、その声はうれしそうだった。どういうわけか疲れた様子がまるでなく、それどころかベッドで起き上がり、シャツの中で両膝を抱えるようにして〝化学反応は愛し合う者たちのため〟のプリントを伸ばして見せた。

「今までもらった中で最悪のクリスマスプレゼントです。しかも主張が強い」

影になっている男がちっちっと舌を鳴らした。

「マイロからバービー人形を贈られたときよりもひどいか？　きっとおれは常識はずれな人間なのだろう。さあ、お嬢ちゃん、おれにボーイフレンドを紹介しておくれ。その坊やの姿が見えないふりを続けたいのなら、それにつき合うのもやぶさかではないが」

ホームズは短い沈黙のあとに言った。

「お説教は、なし？」

レアンダー――だって彼に決まっている――は笑った。

「きみはまずいことをしでかしたが、ともあれ、実際にセックスしていないのは明らかだ。指摘するのはデリカシーがないかもしれないが、シーツがさほどひどく乱れていない。ゆえに、何について説教すべきなのか、おれにはよくわからない」

それでおしまいだった。ぼくは、午前中に演繹《えんえき》推理をひけらかす人びとに反対する法案を通過させることにした。

　ぼくが起き上がって目をこすったとき、レアンダーがベッドの反対側にやってきた。ようやく顔をちゃんと見ることができた。彼とは過去に一度会ったことがある。ぼくの七歳の誕生日パーティで、プレゼントにペットのウサギをもらった。ぼくの記憶に残っているレアンダーは背が高くて肩幅が広く、パーティのあいだ会場の隅のほうで父といっしょにずっと楽しげに笑っていた。

　幼いころの印象は正しかった。ただし目の前に立っている男はこんな時刻だというのに身なりに一分の隙もない（ベッドの横の時計は七時十五分を示している。きっと世界がぼくを殺そうとしているんだろう）。ブレザー姿で、靴は鏡みたいにぴかぴかだ。髪を後ろになでつけ、笑った目尻にしわが寄っている。彼は握手の手を差し出してきた。

「ジェイミー・ワトスン。初めて出会ったころのきみのお父さんとそっくりになったな。そのせいでこの状況がおれにはとても奇妙なものに思えてしまう。だから、できればわが姪とともにしているベッドから出てはくれまいか？」

　ぼくはよろけながらベッドから下りた。

「ぼくたちはそんなんじゃ……ぼくはけっしてそういう……会えてうれしいです」

　後ろから彼女のくすくす笑いが聞こえたので、ぼくは振り向いた。

「少しは援護してくれるとありがたいんだけどな」

「わたしから叔父に詳細を説明してほしいのか？」

「きみはぼくからシャベルを手渡されたいのか？　ぼくが掘った墓穴をさらに深くするためのシャベルを」

「むしろ見物していたい。きみの穴掘りの仕事ぶりはなかなかだから」

何かがちがっている気がした。たがいに憎まれ口をたたくとき、ふだんはもっと遠慮がないのに。どう応じるべきかわからず、ぼくは口をつぐんだ。

助け船を出してくれたのはレアンダーだった。

「さあ、子どもたち」

そう言いながら寝室のドアを引き開ける。

「喧嘩をやめないと、朝食を作ってやらないぞ」

屋敷の厨房は広々とし、金属と大理石とガラスからできていた。すでに家政婦が忙しそうに仕事中で、カウンターの上でパン生地を伸ばしていた。それを見て、ぼくはなぜだか驚いた。ゆうべの正式なディナーを見れば、ホームズの両親がみずから食事なんか作らないのは明らかなのに。

「久しぶりだね、サラ」

レアンダーが彼女の頰にキスをした。

「昨夜は夜会の後片づけでどれほど夜更かしをさせられた？　あとはおれが引き受ける。きみの部屋に朝食を持っていってあげよう」

そう言って彼は、ぼくのよく知っている笑みを投げかけた。シャーロット・ホームズが相手をたらしこむときに使う、犯罪的なほど魅力的な笑み。

家政婦は笑い、顔を赤らめ、最後にはレアンダーが差し出した手にエプロンをあずけて立ち去った。

ホームズがカウンターで頬づえをついた。

「今の叔父さまの手際には、わたしなどとうていおよばない」

ラックからフライパンを選んでいるレアンダーの手元を、彼女はずっと目で追っていた。調理道具をそろえたところで彼が答えた。

「百も承知だろうが、本心から言うのがうまくいくコツだ。目玉焼きでいいか？」

「わたしはお腹が空いていないから」

ホームズはそう言ってから身を乗り出した。

「叔父さまの両手首に興味をそそられるあざがありますね」

「ああ、あるとも」

レアンダーの答えはまるで天気のことをきかれたみたいだった。

「ジェイミーは？　ベーコンはいるか？　スコーンは？」

「ええ、もちろん。どこかにケトルはありますか？　紅茶も飲みたいんで」

彼はフライ返しの先でありかを示した。それから、ぼくたちふたりは軍隊向きの朝食作りに取りかかった。そのあいだずっとホームズはすわったまま目をすがめ、レアンダーのことを分析していた。

とうとうレアンダーが言った。

「言ってごらん。きみの推理が合っているか聞こうじゃないか」

ホームズは待ってましたとばかりに答えた。

「靴ひもが急いで通されたようです。左と右でパターンが異なっているので。そして、ブレザーの左右のひじの部分にしわが寄っています。叔父さま自身、そのことを知っていますね。叔父さまはわたしの気づいた点をすべて承知していて、それはすなわち、だれかにメッセージを送る意図でわざとそうしていないのであれば、身なりの瑕疵《かし》を放置せざるをえないほど疲労困憊していて、それは叔父さまがこのところひどく過酷な毎日を送っていたことを意味します。ドイツで髪を切りましたね。そんな顔をしないでください、いつもの髪型よりもはるかにアバンギャルドだし、マイロから最近叔父さまと会ったと聞いています。ということは、ベルリンです。ポマードをすっかり落としたら、ジェイミーの好きなエモ・シンガーのひとりと同じように髪が垂れ下がるでしょう。ふたりとも、そんなふうににらまないで。叔父さまが十代のときからイーストボーンの同じ理髪店に通っているのを、わたしはたまたま知っていたまでです」

彼女はしきりに自分の髪を引っぱった。

「叔父さまは歩くときに足を引きずるのを隠していて、あごひげを伸ばしていて、それから……今はキスする相手がいるのですか？」

ケトルがピーッと大きな音を鳴らし始めたので、ぼくの笑い声はだれにも聞かれずにすんだ。

「シャーロットめ」

レアンダーはそう言いながらフライ返しで彼女を指した。一族の中でレアンダーだけが彼女をきちんと本名で呼ぶことに気がついた。

「朝食を食べると約束しなければ、正解を教えてやらないぞ」

ホームズの顔に笑みが広がった。

「けっこうです、憎たらしい叔父さま」

レアンダーがトレーにのせた食事を家政婦の部屋に運んだあと、三人でカウンターの席に落ち着いた。ぼくはホームズの叔父の顔をもう一度こっそりと見た。彼女の言うとおりだ。確かに疲れた顔をしている。その疲労ぶりは、この秋を思い出させた。あのときのぼくは、無防備に眠ってしまうことが許されないと感じていたのだ。人を楽しい気分にさせるレアンダーの笑顔の裏にかすかに悩みごとの痕跡を見いだしたぼくは、サセックスに来る前に彼はどこにいたのだろうと思った。

「ドイツだよ」

レアンダーはぼくの考えを読み取って答えた。

「その点に関してシャーロットは正しかった。おれはドイツ政府の依頼で、一九三〇年代のドイツ人画家の贋作を大量に作っている疑いのある偽造団の摘発に取り組んでいる。長期間にわたって潜入捜査をしているんだ。細心の注意を要する仕事だよ。かなり危険な人物たちから信用を勝ち得つつ、生活費のためにレンブラントの贋作に手を染める臆病な美術学校生たちからも話を聞き出さねばならない」

意外にも彼はそこでにっこり笑った。

「率直に言って、とても楽しいぞ。モグラたたきをしているようなものだ。ただし銃とウィッグが必要だがな」

ホームズが叔父のシャツの袖口を引き上げ、隠れていたあざを露出させた。

「確かに楽しそう」

「ベーコンを食べなさい、シャーロット。でないと説明しないぞ」

レアンダーは彼女のほうに皿を押しやって続けた。

「今言ったように、おれはここ数ヵ月間、上品な連中とはいっさい交わっていない。そもそもこの件にはたずさわりたくなかったんだ。確かにおもしろそうな仕事ではあるが、足で稼ぐ部分がかなり多く、おれの足はオットマンにのっているときが一番幸せと来ている。おれはささやかな謎解きは好きだが、こればかりは……。そう考えていた矢先、きみのお父さんとランチをともにする機会があったんだよ、ジェイミー。この仕事を受けるべきだと彼に説得された。エディンバラでいっしょに探偵稼業をしていた昔のようだ、と言っていたっけ。今では彼は家族持ちで、おれのように動き回れないが、こちらから毎日メールで進捗状況を伝えて、遠く離れた場所から考えをまとめる手助けをしてもらっている」

「本当に？　父が助けになるんですか？」

ぼくはとまどいを隠せなかった。父は興奮しやすく、無責任で、頭が少しイカれている。情報分析の才能があるなんて想像しがたい。

レアンダーは眉を上げげた。

「そうでなかったら、おれがわざわざ彼を巻きこむと思うかい？」

こっちも眉を上げ返した。父は助けになっているのかもしれないし、レアンダーのマジックショーの観客のひとりにすぎないかもしれない。ホームズ家の人間にかかわると、自分の立ち位置がよくわからなくなる。

ぼくのホームズが隣でスコーンを裂きながら言った。

「あざの説明になっていません。キスのことも」

「潜入捜査だからな」

レアンダーは芝居がかった声で言った。

「深く浸透すれば、いろいろあるものだ」

ホームズは鼻筋にしわを寄せた。

「では、なぜ叔父さまは英国にいるのですか？　これは、会えてうれしくないという意味ではないのですが」

レアンダーは立ち上がり、皿を集め始めた。

「それは、おれの非合法な手段では近づけないような情報提供者をきみの父親が知っているからだよ。それに、ここで直接ジェイミーにも会ってみたかった。きみたちふたりは今や腰の部分で接着しているようだからね、見たところ昼間も、そして夜も」

ホームズはシャツの中で細い肩をすくめると、スコーンのほんの小さなかけらを口に運んだ。ぼくは彼女を眺めた。腕のライン。ゆうべからハチに刺されたみたいに赤くふくれて見える唇。それとも、そうした細部の描写は、彩色にいたるまでぼくの想像の産物なのだろうか。なぜならぼくは、どうにか物語に仕立てて、ありもしない原因と結果を見いだす必要があったから。

昨夜、彼女はもう少しでぼくにキスするところだった。ぼくもそうしたかった。それのどこに問題があるというのか。

シンクの前に立ったレアンダーが腕まくりをした。

「そのことがそんなに重要だったら、おれが許可しよう」

ホームズが無言で笑みを向けてきた。ぼくも無言で笑みを返した。なぜなら、たがいになんと言っていいかわからなかったから。

前の晩がどこか別の宇宙に存在していたみたいだ。ぎこちなさの海の中で、ぼくたちは昔のようにたがいに話ができるひとときを持てたのに、それも終わってしまい、ふたたび波間を漂い始めていた。

それからの数日はのろのろとすぎていった。罰というのはたいていそういうものだ。ぼくは使用人の居住区画のはずれに陽の当たるアルコーブを見つけ、昼間はそこにフォークナーの小説を持ちこんで読んでいた。この区画の部屋はほとんど空っぽで、だれかに見つかる心配はなかった。おかげで気持ちが安らいだ。ホームズの両親と話すネタは、あっという間に底をついてしまった。母親は恐ろしい存在だとわかったけれど、彼女を嫌いにはならなかった。病気だし、娘を心配しているだけなのだから。

アリステアはぼくたちに、エマの容態が悪化し始めたと告げた。彼女はぼくたちといっしょに食事をしなくなった。ある日の夕食前、レアンダーが看護スタッフに指示して玄関から病院用ベッドを運び入れているのを見かけた。

「母は繊維筋痛症だと思っていたのだが。繊維筋痛症であれば、常駐スタッフを必要としない。てっきり……回復しつつあると思っていたのに」

ホームズがいきなり背後から耳元にささやいてきたので、ぼくはもう少しで跳び上がるところだった。彼女はこれが気に入っているらしい。ぼくがどの部屋にいても幽霊みたいに姿をあらわし、こちらが気づいて振り向くと、身をひるがえして逃げ去ってしまう。そういうわけで、ぼくは彼女に言葉をかけず、慰めようともせず、看護人がドア枠にベッドをぶつけてレアンダーが顔をしかめるのをただ眺めていた。

上の階から荒らげた男の声が聞こえた。

「だが、海外口座は……いや、拒否する！」

あれはアリステアの声だろうか？　ドアがばたんと閉まった。

どうでもいいや。ぼくが振り向いたときにはもうホームズは姿を消していた。

しばらくしてから、リビングルームにレアンダーがいるのを見つけた。その部屋を〝リビングルーム〟と呼ぶのは好意的すぎるかもしれない。黒いソファ。いかにも高価そうなローテーブル。それらの下に敷かれた牛革のラグ。ぼくは姿の見えない親友を捜して廊下をうろついているうちに、彼女の叔父と母親に出くわしたのだった。

ぼくは驚いた。病院用ベッドが運びこまれたばかりだし、当然、母親はその中にいるとばかり思っていた。ところが、彼女はソファの上に仰向けに寝そべり、左右の手のひらのつけ根を額に押し当てている。そのかたわらには、彼女にかがみこむようにレアンダーが立っていた。

「あなたの頼みを聞くのはこれが最後だ」

彼の声は低められていたけれど、怒ったような口調だった。

「今後、死ぬまでいっさい聞かない。これが最後の一回。それを理解してほしい。学費もなし。経済的援助もなし。あなたはおれにどんな頼みもできるが、この件は……」

彼女は手を下ろして顔をおおった。

「〝最後〟の意味ぐらいわかるわ、レアンダー」

その瞬間、声の感じが娘とそっくりだった。

「それで、いつなんだ、おれが必要になるのは？」

「今にわかるわ。わたしたちはもう、すぐそこまで迫っている」

エマがソファから立ち上がり、とたんにふらついた。やつれた外形をそのままに、中身の柔らかい部分がすべてしぼんでしまったみたいだ。

レアンダーが気づき、身体を支えようと手を差しのべたけれど、彼女のほうは片手をあげて拒否した。そして、苦しそうな足取りで部屋をあとにした。

「やあ、ジェイミー」

レアンダーが背中を向けたまま言った。

「どうやってぼくだとわかったんです？　そろそろみんな別の手品を使ってほしいな。どうせ当てられるだろうと思ってましたから」

ぼくが明るく言うと、彼はソファに来るようにと合図した。

「すわってくれ。シャーロットはどこにいる？」

ぼくは何も言わずに肩をすくめた。

「そんなことだろうと思っていたよ」

話題を変えようと思い、ぼくは質問した。

「ミセス・ホームズは大丈夫なんですか？」

「大丈夫ではない。一見して明らかだと思うが。ところで、おれはきみのお父さんとずっと連絡を取っているが、きみの口から聞かせてほしいことがあるんだ。ご家族は元気にしているか？　かわいい妹さんはどうしている？　今も〈ユア・リトル・スパークル・ポニー〉とかそんな名前のキャラクターにぞっこんなのかな？　ジェームズは娘にひどく会いたがっていたよ」

「シェルビーは元気です。スパークル・ポニーはもう卒業して、犬の絵を描くことに夢中です。家から近いセカンダリー・スクールを調べ始めてるみたいです」

レアンダーは笑みを浮かべた。

「ジェームズはあの子をシェリングフォードに入れるんだと張り切っているぞ。きみたちふたりが父親の住んでいる土地にいるのはいいかもしれないな。日曜にはディナー、週末はミニゴルフに行くといい。あるいはローラーリンクに。ローラーリンク遊びは楽しい家族イベントだろ？」

正しくはローラースケートだし、そんなところに遊びに行くくらいなら死んだほうがましだと思うけど、ぼくは「ええ、確かに」と答えていた。

「でも、さっきあなたが〝学費もなし〟と言うのが聞こえました。うちにはシェルビーをシェリングフォード高校に行かせる余裕はないんです。自費では無理です。それに、ぼくの学費を支払ってくれてるのがあなただというのは、もう秘密じゃありません」

　レアンダーの顔から笑みが消えていった。

「きみたち家族のためじゃないんだ。そういうわけじゃない。おれは何があってもきみのお父さんの助けになりたいんだ、ジェイミー。なぜなら、彼がけっしておれに頼みごとをしないのがわかっているから……。重要な問題はそこではない。いいかい、きみがこの争いで犠牲者になるなどと絶対に考えてはいけないぞ。そんなことにはならないから。おれがそうさせないよう手を打つ」

　見えない血が流れる、目に見えない争い。本当は見えるのかもしれない。単にまだぼくたちの争いじゃないだけで。リー・ドブスンはすでに犠牲者となったし、ぼくもぎりぎりあと一歩でそうなりかけた。

「この争いはどうやって始まったんですか？」

　それは何週間もぼくを悩ませていた疑問だった。

「たとえば、なぜホームズ家はオーガスト・モリアーティなんか雇ったんでしょう？　パブリシティが目的だとは聞いてますが、両家がそんなに憎み合ってるなら、どうしてホームズ家の両親はそんな危険を冒そうとしたんですか？」

「話せば長くなる」

ぼくは笑った。

「彼女に避けられることで忙殺されるぼくのスケジュールにおいて、その話を聞く以上の予定は思いつきませんよ」

それは本心だった。今日の午後、ほかに何をしたらいいのだろう。ホームズに放っておかれる空白を埋めたほうがずっといい。

「いいだろう。ただし、おれにその話をさせたいなら、紅茶がだいぶ必要だ」

十分後、ぼくたちはアールグレイのポットとともにふたたびソファに落ち着いた。

どこか遠くで海の音が聞こえる。

「シャーロック・ホームズとモリアーティ教授のいさかいはよく知っているだろう？　シャーロックは何人もの〝悪名高き〟男たちを倒したが、モリアーティはその頂点にいた。本物の悪党だ。英国内のすべての犯罪者が彼に見かじめ料を支払っていたという。モリアーティはそうした犯罪者たちの活動を組織化し、クモの巣状に結びつけた。その巣の形から、シャーロックはクモを推理することができた。……前に聞いた話だったら、そう言って止めてくれ」

「今のは聞いたことがあります」

ぼくは紅茶に息を吹きかけながら言った。世界の半数が聞いたことのある話だろう。教授と対面するシャーロック・ホームズ。彼から身を隠すためにスイスに飛ぶホームズとワトスン博士。親友である相棒が落ちて死んでしまったのではないかと、丘の上から滝の底を見下ろすぼくのひいひいひいひいおじいちゃん。その日、ホームズとモリアーティはともに姿を消す。モリアーティのほうは永久に消え去ったが、もうひとりは犯罪王の残った手下たちを全滅させてから、数年後にベイカー街に帰ってきた。

話はそのように伝えられている。

「子どものころ、なぜそこまでモリアーティに固執するのか、おれには理解できなかった。善良な医師の手になる物語の中で、モリアーティは《最後の事件》にいたって初めて登場する。あたかもシャーロックが捜査してきた奇妙すぎる犯罪の数々に説明をつけるためにわざわざ彼という人物が創作されたかのように。そして、彼はすぐに退場してしまう。おれがおとなになったとき、あの一族とわれわれの関係はかなり礼儀にかなったものになっていた。多少は詫びるような気持ちもあったな。モリアーティ家はそのいまわしい姓に悩まされ、名声にも恵まれていなかった。世間的に語られるのは先祖の犯した数々の罪だけ。しかし、あの家の人びとは犯罪界のナポレオンなどではなかった。おれは一度、父にそう言ってみたことがある」

「どうなりました？」

レアンダーはてかてかした髪を手でなでた。

「あの一族は犯罪者の血統なのだ、と一蹴されたよ。オーガストを雇い入れたときは平和を保てていたかもしれないが、われわれは二十世紀の大半を何かにつけて彼らと争うことに費やしてきたからな」

「ぼくたちは……あなたたちは、ずっと争ってきたんですか?」

ワトスン家は、ぼくの聞いているかぎり、せっかくの財産をトランプ賭博で失うことに二十世紀の大半を費やしてきた。

レアンダーが紅茶をすすった。

「日付はうろ覚えだが、確か一九一八年だったと思う。フィオナ・モリアーティが男装してシンシン刑務所の看守の職を手に入れた。体型でばれないよう腰回りに小麦粉の入った袋をくくりつけ、見た目は申し分がなかったらしい。世界有数の札つき犯罪者たちを殴りつけながら、二ヵ月間にわたって情報を集め、退職。その二週間後、白昼に銀行強盗を働いた罪でわざと逮捕され、別の男の格好をして刑務所に入る。そして、最後の十日間を使って掘っておいた地下トンネルを通り、夜のうちに二十人の囚人を連れてシンシンを出た。トンネルはハドソン川の下を貫通していたんだ」

ぼくは低く口笛を吹いた。

「彼女はうまく逃げおおせたんですか？」

レアンダーは大きな笑みを浮かべた。

「トンネルは入口があれば、出口もあるだろう？　おれの曾祖父が出口で大きなかがり火を焚いていたんだ。哀れな囚人たちはみんな叫び声を上げながら監房に逃げ帰った。自由の空気を胸いっぱいに吸うつもりが、大量の煙に咳きこむはめになったわけだ。フィオナはみずから刑務所に逆戻りさ。計画は実に巧妙だった。フィオナが脱走させようとした囚人のうち五人は父親の腹心たちだ。フィオナの成長を手助けした者たちで、彼女の父親が死んだあと、シャーロック・ホームズの長い手が届かないことを願ってアメリカに逃げていたんだ」

レアンダーは眉を上げ、引用口調になった。

「感情だよ。結局はみなそれにやられてしまう」

「あなたには信じられないでしょうね」

「フィオナは最後にそれを思い知らされることになった。不思議なことに彼女は大金持ちで、裁判官や警官、タマニー・ホールの党員たちをも買収しようとした。ところが、だれひとり賄賂を受け取ろうとしなかった。受け取ればわれわれの側からどんな目にあわされるかを恐れたんだ。結局のところ、彼らのひとりが旧知の仲であるヘンリー・ホームズに手紙で知らせ、彼がすぐさま船でアメリカに渡り、ぎりぎりのところでフィオナの計画を暴いて実行を阻止したんだがね」

「でも、それで終わりじゃないんですね」

「そのとおりだ。同じように対決は続いていく。一九三〇年、グラスゴーの銀行の金庫室に強盗が入った。実行犯は全員逮捕されたが、宝石は発見できなかった。百万ポンドものルビーを身につけて社交界にあらわれたのはだれだと思う？」

　ぼくの驚いた表情を見てレアンダーは笑った。

「ジェイミー、きみはアメリカ暮らしが長すぎたな。重さでなく通貨のポンドだよ。モリアーティ家が雇った元囚人のひとりが、どうやら下水道内に設置した滑車システムでルビーを運んだらしい。クエンティン・モリアーティは妻の宝石は相続財産だと主張したが、ジョナサン・ホームズが二匹のネズミと外科用メスと女性用ハンカチーフによって、それを論破した。一九四四年、第二次大戦のさなか、モリアーティ一族はヨーロッパの美術館や博物館を略奪して回った。一九六八年、彼らはノーベル賞選考委員会で議長を務めた。一九七二年、おれの姉アラミンタがフランシス・ベーコンの暗号を使った一連のメッセージを解読してほしいと依頼された。核弾頭の売買交渉のために使用された文書で、売却先はウォルター・モリアーティ。モリアーティ家の人間が弾頭でいったい何をするつもりなのか。おそらく利益を上乗せして転売する気だったんだろう。彼は裁判にかけられたが、陪審員のふたりがきわめて珍しいタイプの癌を発症し、さらに裁判官の妻が失踪した。だれもが口をつぐみ、事件は報道からも消えた。そして、アラミンタの飼っていたネコが三匹とも何者かによって殺された」

「なんてひどい」

「ウォルター・モリアーティは十六週間後に出所した。茶番そのものだ。だが、それでもこれだけは忘れてはならない。あの一族のすべてが悪人ではないんだ」

レアンダーはカップに紅茶を注いだ。

「腐ったリンゴが一世代にひとつ混じっていただけで、ほかの人たちは……親しみが持てる。おれは若いころ、パトリック・モリアーティと知り合いだった。オックスフォードのパーティでばったり出会ったおれたちはしたたかに酔っぱらい、会場の隅で意見を交換し合った。両家のあいだに存在する敵意について話したよ。当時は今みたいじゃなかったんだ。彼が言うには、両家の根本的な相違点は、ホームズ家は無情な楽天主義者で、モリアーティ家は快楽主義的悲観主義者であることだそうだ」

「無情な楽天主義者？」

ぼくのホームズが楽天主義者だとはあまり思えない。

「どういう意味ですか？」

「正義の女神の姿を知っているか？　目隠しをして天秤を持ち、ぴかぴかの銅でできている。おれは自分の一族のことをあのようなものだと考えているんだ。他者について非難するために、人はそこから自分を除外して考える。ホームズ家の人間がひとり残らず探偵であるわけじゃない。全然そんなことはなくて、たいていは最終的に政府の仕事をすることになる。中には化学者や弁護士もいるし、いとこのひとりなどは保険の販売をしている。だが、われわれはひとたび探偵仕事をするとなると、法の外で動く傾向がある。独自の情報源や手段を用い、司法当局が起訴しない場合にはときとしてみずから陪審となる。その種の力を行使するには……自分の感情によって判断を狂わされないことが道理にかなう。腹を空かせた子どもがあとに残されると知ることが、親である犯人を刑務所に送る助けになるだろうか？　それに、何より一族の気質の中に、感情をあふれさすという要素がない。われわれは、そのほとんどが頭脳なんだ。肉体はあちこち移動するための道具にすぎない。ところが、時間の流れとともにわれわれは柔軟性を失い、固化してしまった。長いあいだ自分を見つめるうちに温かみを欠くようになったんだ。おかげで、われわれはこの仕事にさらに最適化されたかもしれない。世界を本当によりよくしているという思いがなければ、初めからこの種の仕事などやらないし、とてつもなくうぬぼれが強くなければ、世界をよりよくできるなどと考えないから」

「モリアーティ家のほうは？」

レアンダーはティーカップごしにこちらをじっと見つめた。

「彼らは莫大な資産と、社会から阻害される宿命の姓を持ち、多くが非凡な才能を有している。そのため、世界の大半をわがものにする権利があると感じているんだ。その事実から推論してみたまえ、親愛なるワトスン。とはいえ、今の代になってみごとなまでに邪悪な実例がいっせいに出現するまでは、そうではなかったんだ。パトリックのような人物がいないのが寂しいよ」

レアンダーは笑った。

「パトリックはヘッジファンド・マネージャーになった。おれたちはささやかな悪事を画策し、二、三の出資金詐欺に手を染めたこともあったな。今の代と来たら……まあ、オーガストはいい子だった。当時のパトリックよりもいい子だろう。オーガストはシャーロットに辛抱強く接した。頭もとても切れた。エマとアリステアが彼を雇ったのは、アリステアがメディアから攻撃の的になる寸前の時機で、ホームズ家は大衆に好印象を与えておく必要があったんだ。われわれは二十年間にわたってモリアーティ家と争いごとがなかったし、記憶も薄れかけていた。あのときは名案に思えたんだ」

「そのことがいくつかの墓標に書かれるでしょうね。争いに終止符が打たれる前に」

「きみは皮肉なユーモアのセンスがあるな」

彼は遠い目をした。

「だが、きみの言うとおりなのか、おれにはわからない。敵対のサイクルがまた一から始まろうとしている」

「それで、ぼくの一族は？　この争いでなんの役割も果たさなかったんですか？」

子どもじみた質問なのはわかっていた。だけど、ぼくはシャーロック・ホームズの物語で育った人間だ。父だって自分のことを元探偵と呼んでいる。ぼくの想像の中では、自分の一族はずっと争いのまっただ中にいて、ホームズ家の人たちにぴったり寄り添い、ともにすばらしい戦いぶりを示してきた。

「ワトスン家がなんらかの役割を果たすことは、長いあいだなかった。われわれは代々、友好的ではあったが、友人ではなかったし、ふたりひと組で動くこともなかった。おれがきみのお父さんに出会うまで、そして、きみがシャーロットと出会うまではね」

ぼくはため息をついた。そうしないではいられなかった。

レアンダーが身を乗り出してきて、ぼくの肩をぽんとたたいた。

「きみはシャーロットにいい影響を与えている。今はただ、あの子を少しそっとしておくんだ。あの子はたぶんきみ以外に友人ができた経験がないんだよ」

そこで、彼女を少しそっとしておくことにした。

午前中は持参したフォークナーの小説を読み、午後は屋敷の図書室を静かにぶらつきながら読みたい本を抜き出しては読まずに眺めた。本はどれもが金箔と繊細な薄紙でできた初版もので、ページを開くように作られていない。観賞用なのだ。それを破損させてしまうのが怖かった。ぼくはいろいろなことが怖かった。あと数週間したら、シャーロットとの友情がないまま学校に戻ることになるのか。首の後ろがちりちりするのは、彼女を失ってしまうという予感なのか。ディナーのときに隣にエマ・ホームズの代わりにレアンダーがすわっていても、落ちこんだ気分を振り払うことができなかった。ぼくを元気づけようと、レアンダーは父にまつわるばかげた話をいくつもしてくれた。いつも最後にはふたりのどちらかが相手を留置場から請け出すという話だ。

「おれはわざわざライセンスを取得するような面倒なことをしなかったし、警察というのはアマチュアとは仕事をしたがらない。だが、依頼人はアマチュアに頼みたがる。どちらかというと熱心にな。そうだ、きみのお父さんと髪の赤いライオン調教師の女性の話をしてあげよう」

「いえ、けっこうですから、どうか……」

ホームズがどこにいるかというと、そこにいる。だけど、いない。送電線に止まったカラスみたいに静かだ。ホームズの父親は今夜のゲストとドイツ語で話をしている。フランクフルトの彫刻家で、英語がしゃべれないらしい。この家の招待客名簿には毎晩必ずひとりかふたり載っていて、ディナーが終わるとすぐにアリステアとレアンダーが客とともに書斎に移動し、ドアを閉ざしてしまう。彼らが席を立って部屋を出ていけば、ぼくたちもそうできるけど、それまでは果てしなく長く待つことになる。それから、その日の魔法が解け、ホームズとぼくはぼくの部屋に戻り、急にまた話せるようになる。

その夜、彼女は立ち上がってスカートのしわを伸ばし、しばらくぼくのことを見つめてから、さっとダイニングルームから出て廊下を歩いていった。まるで夢を見ているような気分で追いかけていったぼくは、屋敷の長く曲がりくねった廊下の角でその姿を見失ってしまった。けれど、彼女の行き先ならわかっている。客間に戻ると、ぼくのベッドの端にすわってヒールの靴を脱いでいるところだった。こちらに顔を上げたとき、彼女は唇を噛みながら片方の靴を一本指でぶら下げていて、その様子はおかしなもののはずなのに、なぜか胸の中が熱くなった。

「やあ」

ぼくは口がからからになるのを感じながら言った。

「やあ」

彼女もそう応じると、足元から百科事典を拾い上げた。床が暗くてそこにあるのが見えなかった。

「バガヴァッド・ギーターについて知っていることはあるか？」

ぼくはひとつも知らなかった。

七百行からなるサンスクリット語の叙事詩のことなど何ひとつ知らない。そもそも、彼女が幽霊みたいにベッドに忍びこんできてぼくの身を自分のほうに引き寄せてから、まる一日しかたっていない。そんな火曜日の夜中に、彼女の両親の家の中で、どうして叙事詩にかかわらなくちゃいけないのかわからない。ホームズは遅くまで起きていて、バガヴァッド・ギーターの歴史を話して聞かせてきた。その横で、ぼくは人畜無害なボールみたいに丸まって眠りに落ちた。

次の日の夜、彼女は『千夜一夜物語』について話して聞かせた。

朝になったとき、すでにホームズの姿はなく、カーテンを開けたら外も暗かった。ぼくは窓辺の椅子にすわってまたフォークナーを読んだ。足元には彼女の飼いネコ〝マウス〟がいて、上目づかいにじっとにらんできた。ひょっとしてネコの目を通じて彼女に見張られているのだろうか、と思った。実験によって終わりなき悪夢のループの中に閉じこめられたのだろうか、とも思った。廊下をうろついていたら、どこかで彼女がバイオリンを弾いているのが聞こえた。なのに彼女は地下の雑然とした自室にはいなかったし、応接間にもいなかった。どこにも姿が見えない。彼女の弾くアルペジオはまるで屋敷の土台から立ちのぼってくるみたいだった。

ぼくはヴィクトリア時代の亡霊となって屋敷内をさまよった。アリステアの書斎に通じる肖像画のかかった廊下を通ったとき、彼の話し声がはっきりと聞こえた。

「彼は二度とここへは電話してこないだろう」

それに対してレアンダーが答えた。

「兄さんがこの屋敷を出ていく必要はない。おれがそうはさせない」

断片的にしか聞こえないので全体像はわからないけれど、この家ではいつも金銭問題の存在が暗示される。危機に瀕した財政状態と一族の大きな屋敷。周囲を見れば富が満ちあふれている。力にもあふれている。どうして小声で口論ばかりしなきゃいけないんだ。それとも、一度勝ち得たものを維持するにはそうしないといけないのだろうか。

気がつくとぼくは列車の時刻表を調べていた。ロンドンにはいつ帰れるのだろう。あと一週間でクリスマスだ。シェルビーは母からイーゼルをプレゼントしてもらう。妹がそれを開ける様子をこの目で見たい。ロンドンに帰ろうかな。リーナに電話して、トム（シェリングフォード高校の寮ではぼくと同室で、リーナのボーイフレンド）といっしょかどうか確かめてみようか。ふたりと会ったら、気晴らしになるだろう。みんなでポーカーをして、べろべろに酔っぱらうんだ。考えてみると、今やトムがぼくのたったひとりの友人なのかもしれない。この秋、金に目がくらんでぼくのことをスパイしたトムだけが。その瞬間、ぼくは無性に何かを破壊したい衝動にかられた。

ホームズ邸の人工池のほとりまでふらふら出歩いたのは、そんな衝動のせいだ。時刻は午後四時。あたりは真っ暗で、海が見つかるとは思えなかった。海は本当に存在するのだろうか。それとも、遠くから重々しく迫って聞こえる非現実的な音があるだけなのか。どっちでもいいや。海なんか必要ない。今のぼくに必要なのは、池のほとりに半分埋まっているいくつもの大きな石と、石を泥の中から掘り出す十本の指と、その石を暗い水の中に投げこむ両腕だけだ。

やってきたレアンダーに発見されたとき、ぼくは道具小屋から見つけ出した手斧を持って、次に何をしてやろうかと周囲に目を光らせていたところだった。

「ジェイミー」

彼は賢明にも遠くから声をかけてきた。

「レアンダー、あとにして」

立ち並ぶ木の下には、たくさんの枝が落ちたままになっている。それらを蹴って集めながら、戦いがいのある一番大きくて太い枝を探した。

「何をしているんだ？」

彼のほうをちらっと盗み見た。両手をポケットに突っこんでいて、あのいたずらっぽい笑みは影も形もない。

「健全な方法で怒りを表現しようとしてるんです。だから、ひとりにしておいて」

彼はそうしてはくれず、一歩近づいてきた。

「物置から木挽き台を持ってきてやろうか」

「いいです」

「それじゃ、コートは？」

「どっか行って」

さらに一歩近づいてきた。

「もっと大きな斧はどうだ？」

ぼくは怒鳴るのをやめた。

「ええ、それなら」

ぼくたちは終始無言で作業した。太い枝から小枝を打ち払い、こぶを取り除く。薪割り台がどこにも見当たらないので、最初の一本を地面に立て、根元の周囲に石を積んで倒れないように固定した。ぼくは斧を頭上にかざし、力いっぱい振り下ろした。

目の前の自分の手も見えず、頭の中で脈打つ鼓動以外は何も聞こえない。レアンダーが次の一本をセットし、ぼくがそれをたたき割る。それを次から次へと繰り返すうちに両肩がどんどん熱くなってきて、ついには頭がぼうっとするほどへとへとに疲れてしまった。ぼくはひと息つくために作業を中断した。両手にできたマメがつぶれ、出血している。ここ何日かで初めて自分が自分であると感じ、その気持ちに身をまかせていると一分ほどで消え去った。

レアンダーが服についた木くずを手で払った。

「しかし、この家にある暖炉がみんなガス式なのが残念だな。そうでなければ、きみはヒーローになれたのに」

ぼくは薪の山の上に腰を下ろした。

「別にヒーローじゃなくていいです」

「まあな。だが、ときにはひとりの人間でいるよりヒーローになるほうが楽なんだ」

丘の上にそそり立つ屋敷をふたりで見上げた。

「シャーロック・ホームズはミツバチを飼ってるんだと思ってました」

養蜂箱のふたを全部開けてしまえ。飛び立ったハチをあの広くて恐ろしいダイニングルームに集めて、壁という壁に巣を作らせるんだ。

「ここには一匹も見当たりませんね」

「彼のコテージは今、姉のアラミンタが所有している。小道を下ったところだ。おれもめったに行かない。姉は訪問客をあまり好まないのでね」

ぼくはためしに片腕を持ち上げ、伸ばしてみた。

「一族の人づきあい遺伝子はみんなあなたが受け継いだみたいですね」

「アリステアは屋敷と株をいくらか受け継いだ」

その声にはどこか苦い響きがあった。

「だが、そうだな、きみの言うとおり、おれには友人がたくさんいる。パーティも催す。そして、おれの推測が正しければ、おれはここ最近では、ホームズ家で恋に落ちた唯一の人間だ」

シャーロット・ホームズの両親についてきこうと口を開きかけ、やっぱりやめた。もしもあのふたりが恋に落ちたのだとしても、その質問は的はずれだと思う。

「あなたは今も、その彼とつき合ってるんですか?」

　そこで一拍おいた。

「彼……ですよね？」

　レアンダーはため息をつき、ぼくの隣にすわった。ふたり分の体重を受けて、薪の山が少し形を変えた。

「きみがシャーロットに求めているものはなんだ？」

「ぼくは……」

　彼がさっと人さし指を立てた。

「〝ボーイフレンド〟だとか〝親友〟だとか、そういう答えはなしだ。定義が曖昧すぎるからな。具体的に言ってほしい」

　ぼくはそのどちらも口にする気はなかった。ぼくたちの問題に口を出さないでほしいと言うつもりだった。だけど、これはもうぼくたちの問題じゃない。

「彼女はぼくをよりよい人間にしてくれます。ぼくも彼女をよりよくします。でも、今はおたがいを悪くさせるばかりで。ぼくは前みたいな関係に戻りたいんです」

　言葉に出してみたら、すごく単純なことみたいに聞こえる。

「ひとつアドバイスをしてもいいかな？」

　レアンダーの声はまわりの夜みたいだ。そっと包みこんできて、そして悲しい。

「シャーロットのような女の子はこれまで女の子ではなかった……それでもなお、女の子なんだ。そして、きみは……どちらにしても、きみは自分を傷つけることになる」

それこそ曖昧すぎる。

「どういう意味ですか？」

「ジェイミー、唯一の解決法はやりすごすことだ」

ぼくはくたくたで、その話をこれ以上続ける気力がなかった。そこで話題を変えることにした。

「こっちで何か得るものはありました？　その、情報提供者から。ドイツに持ち帰れるような有益なものが」

レアンダーの目がすがめられた。

「今ひとつだった。ヘイドリアン・モリアーティと話さねばならないことはよくわかったよ。とはいえ、それはおれだけではないだろう」

ヘイドリアン・モリアーティは美術品コレクターであり、第一級の詐欺師で、この秋に調べたところではヨーロッパで放映されている朝のトーク番組にゲストとして何度も呼ばれている。その彼が美術界のスキャンダルに関係していると聞いても、ぼくはちっとも驚かなかった。

「すべて順調ですか？　屋敷を出ていくとか、だれかの怒鳴り声が聞こえたので……」

ぼくは目を伏せた。

「ぼくには関係ないことだとわかってますけど」

「ああ、関係ないことだな」

レアンダーはそう言いつつも、ぼくの肩をぽんとたたいた。

「これだけの重労働をしたんだから、今夜はぐっすり眠れるだろう。ただし、ベッドにはひとりで入って、ドアをロックするよう勧めておく。ドアノブには椅子をかませておいたほうがいいだろう」

「待ってください」

ぼくは少しためらってから続けた。

「あなたと、その〝彼〟のことです。今もつき合ってるんですか？　まだ答えを聞いてません」

「つき合っていない」

彼はぼくの肩に手を置いてから、立ち上がった。

「おれたちは一度もつき合っていない。向こうはおれのことを……彼は結婚しているんだ。結婚していたというべきか。そしてまた結婚した」

ぼくは頭の中でパズルのピースを組み合わせ始めていた。

もしもレアンダーが恋に落ちた相手がぼくの父だとしたら、ぼくの人生でも歴史が繰り返されていることになる。ぼくは父の作ったリストを思い起こした。

ルール74、ホームズとのあいだに何が起きても、いいか、何が起きようとも、それはおまえの落ち度ではなく、おまえがどんな努力をしたところでおそらく防げなかったことを肝に銘じておけ。

ぼくはレアンダー・ホームズが屋敷に向かって丘を登っていくのを見つめた。そして、両手の中に顔をうずめた。

ぼくは部屋のドアをロックした。ドアには椅子もかませた。ひとりでベッドに入って眠り、目を覚ましてみると、部屋の床でシャーロット・ホームズが小さな黒いボールみたいに丸まって寝ていた。

「ワトスン」

彼女は眠たげな声で言いながら、カーペットから頭を持ち上げた。

「ずっとメールが着信していたから、きみの電話を窓から放り投げておいた」

見ると、その窓は開いたままだった。冷たい風が今も吹きこんでくる。自分でも賞賛に値すると思うけど、ぼくは彼女に毛布を投げつけたりせず、叫び声も上げず、答えを求めることも、部屋中にガソリンをまくこともしなかった。

少なくともこの部屋は一階だ。

ぼくはできるかぎり平静を保ったまま起き上がり、彼女をまたいでから、バラの茂みに手を伸ばして電話を拾い上げた。

「メールが八件。父からだ。レアンダーについて」

ホームズが両腕をさすりながら起き上がってすわった。

「そこを閉めてくれないか。凍えそうだ」

ぼくは音をたてて窓を閉めた。

「きみの叔父さんはきのう連絡をしなかったみたいだ。ふつうなら大したことじゃないけど、この四ヵ月、父は彼から毎晩メールを受け取っていたからね。彼が無事かどうか確めてほしいって書いてある」

レアンダーの寂しげな声を思い出すまいとしたけれど無理だった。ぼくの父親だとは。いつもしわくちゃな格好をしているのに自分では満足している父。ふたつの国のあいだで先の知れた商売をどうにかこうにかやっていて、できの悪いミステリー小説を手書きでせっせと書きためては、それを電話でいろんな声を使い分けながら情感たっぷりにぼくに読んで聞かせる父。あの父をそんなふうに愛せる人がいるなんて、まさに本物のミステリーだ。

ホームズの視線がさっと動き、ぼくを読み取った。

「彼を最後に見たのはきみだ」

「ぼくが?」

「叔父はディナーの席にいなかった。きみもいなかった」

ゆうべは厨房からパンをふたつ持ち出し、自分の部屋で食べた。じろじろと詮索してくるたくさんの目にさらされずにすむから。

「ぼくは、いなかったみたいだね」

「ああ、いなかった。きみたちふたりは……」

彼女はぼくの両手に目をこらした。

「薪割りをしていたのか?　本気か、ワトスン?」

「発散のためだよ」

彼女が震えていたので、ベッドから羽毛ぶとんを引っぱって肩をくるんでやった。

「ああ、すまなかった」

そう言いながら彼女は羽毛ぶとんをはぎ取った。

「数時間ごとにふたりできみの気持ちについて話し合わないと、きみがイケてる薪割り人に身を落としてしまうのを、すっかり忘れていた。わたしの気持ちについては気にしないでくれ」

「ああ、きみの気持ちなんかちっとも気にしてないよ。だって、きみは一日中ぼくから隠れて、見えないクローゼットでバイオリンを弾き、部屋のドアにはバリケードを築いて居留守を使うけど、きみと話をするのはとても簡単だからね。きみと比べるとぼくは驚異の敏感さを持ってる。きみはぼくの部屋の床で寝るために鍵をこじ開けて椅子を蹴飛ばすような人間だ」

「そんなことはしていない。その窓から入ったんだ」

確かに椅子はドアノブの下にしっかりかませてあった。

「なぜなんだ？　ゆうべここに入った理由ぐらい教えてくれよ」

「きみの顔を見たかった。話はしたくなかった。それで、きみが眠るまで待った。そんなにもわかりにくい話か？」

まるでぼくの頭が鈍いと言わんばかりだ。

「勘弁してくれよ、危ないやつだな」

ぼくの声は少しこわばっていた。彼女の言葉はうれしいけれど、彼女の目には痛みのようなものが満ちていて、それを引き起こしたのがぼくだというのがつらかった。ただここに立っているだけで、ぼくは彼女にそんな思いをさせている。

「叔父さんを捜しに行こう。たぶん庭師をおだててるか、近所のリスに歌を教えてるんじゃないかな」

彼は庭にはいなかった。厨房にも姿がなく、応接間にも、みんなが〝玉撞き場〟なんて呼ぶビリヤード台のある部屋にもいなかった。足の下の大理石床が冷たくて、ぼくは足を速く動かしながら、長いローブ姿のホームズのあとについていった。

「用事があってイーストボーンまで出かけたのかもしれないよ」

玄関ホールに着いたところでぼくが言ったら、ホームズはため息をつきながら窓ごしに見える外の地面を手ぶりで示した。

「もちろん出かけてなどいない。昨夜は雨が降ったのに、新しいタイヤの跡がない。父にきいてみたほうがいいだろう。この屋敷から出る手段はひとつではないし、レアンダーは急いでいたのかもしれない。ここにいるあいだに彼が発見したことを、われわれはひとつ残らず把握できてはいないんだ」

彼女はふたたび歩きだした。父親の書斎へと階段を上っていく。ぼくは急いであとを追いながらきいた。

「ひとつ残らず……って、きみは盗み聞きでもしてたのか？」

「むろんそうだ。この憂鬱な屋敷ですべきことがほかにあるか？」

「ぼくを避けてたんじゃないのか。盗聴してたってこと？」

　ホームズは少し考えてから答えた。

「両方かもしれない」

「まあ、いいや。とにかく行こう」

「わかっているのは、レアンダーがドイツで偽装している役柄を強化するために情報を集めていたということだ。どのカルテルがどんなコネクションを持っているか、副業で贋作すると認知されている売れない画家はだれか、だれがほかの都市とつながりを持っているか、などなど。彼は具体的には二名の贋作人を追っている。ひとりはグレッチェン、もうひとりはナタニエルという名の人物だ」

　彼女はそこで眉を寄せてから続けた。

「ただし、ナタニエルは叔父の現在のボーイフレンドかもしれない。あるいはその両方かも。だとしたら興味をそそられるな」

「ホームズ。レアンダーは失踪したのかな？」

「そうだ。その名前は通気口を通じて何度となく聞いたが、叔父にとってどんな存在なのかをはっきりと示す前後関係は聞けなかった」

「通気口？」

ホームズは勢いよく廊下の角を曲がった。

「わたしのクローゼットから父の書斎までつながっている通気口がある」

それで思い出した。どこからともなく聞こえてきた気味の悪いバイオリンの音。あれはホームズがクローゼットの中で弾いた音が通気口の中をヘビのように伝わったにちがいない。床で山になった服に埋もれながら頭を壁にあずけ、目を閉じながらソナタを演奏する彼女の姿が想像できた。

「だが、盗み聞いた内容からは、現時点で知るべきことが何ひとつわからない。ゆえに父が必要になる」

「ホームズ……」

そうしなくてすむものなら、ぼくは彼女の親と対面したくなかった。

「そうだ、レアンダーはきみに伝言を残してない？　携帯電話はチェックした？　事情がすべて説明されてるかもしれないよ」

眉をひそめながらも彼女はローブのポケットから電話を取り出した。

「新しいメッセージが入っている。五分前だ。知らない番号から」

ぼくたちは廊下で立ち止まった。彼女がスピーカーホンで再生させる。

「ロッティ、おれは元気でやっている。近いうちにまた会おう」

レアンダーの陽気な声はいかにも見せかけだった。

懐疑的な目で電話を見下ろしていたホームズはもう一度再生した。

「ロッティ、おれは元気でやっている。近いうちにまた会おう」

ぼくは表示画面を覗きこんだ。

「彼の電話番号じゃないね。だれのだろう？」

ホームズがコールバック・ボタンを押した。

「おかけになった番号には現在つながりません」

彼女はもう一度試した。さらにもう一度。そしてメッセージに戻る。

「ロッティ、おれは……」

最後まで聞かずにホームズは電話をしまった。ポケットの中からレアンダーの声が小さく聞こえる。

「これはいつもの呼びかたではない。叔父は絶対に……。父に会わないと」

書斎に通じる廊下では、ずらりと並んだ肖像画が上からぼくたちをにらんでいる。通気口ごしにほかにどんなことを聞いたか、ホームズに質問しようとしたとき、廊下の突き当たりでドアが開いた。

「ロッティ」

アリステアが通せんぼをするみたいに立った。

「ここで何をしている？」

「レアンダー叔父さまを見かけませんでしたか？」

彼女は両手を合わせてねじっている。

「わたしとジェイミーを街に連れていってくれる約束なのですが」

どうやったらホームズ家の人間にうまく嘘がつけるのだろう。ぼく自身は一度も成功したためしがない。ホームズ家の一員なら、それができるのだろうか。

アリステアが娘に向けた目つきからすると、娘でもできないらしい。

「レアンダーは昨夜のうちに出発した。ドイツにいる接触者のひとりが、レアンダーが何日も姿を見せないことを怪しみだしたのだ」

アリステアは不規則に手をひらひらさせた。

「もちろん、おまえに〝愛している〟と伝えてほしいと言っていた。〝元気で〟とか、いろいろとな」

部屋の中から衣ずれの音が聞こえた。ホームズの父親が戸口を腕でふさぐ。

「お母さま?」

　ホームズはそう言って父親を迂回しようとした。

「お母さまが中にいるのですか?　寝室にいるとばかり思っていたのに」

「よすんだ。エマは気分がすぐれない」

「でも……」

　ホームズは父親が伸ばした腕をかいくぐって書斎に入った。

　そこに病院用ベッドはなかった。何日もエマ・ホームズの姿を見なかったから、てっきり自室にこもっているのかと思ったのに、書斎にいて、しかもばったり倒れこんだような格好でソファに横たわっていた。顔のまわりに垂れた灰色がかったブロンドの髪、しわくちゃのパジャマの上にはおったローブ。ぼくが口を開こうとしたら、彼女は手をあげて制した。ホームズに目をやると、身をこわばらせていた。

　この家はロンドンのアパートとはまるでちがう。うちではバスルームに行くにも家族のだれかしらにつまずいてしまうというのに、ここでは青白い大理石の床と宙に浮いた階段と目立たないプラスティック椅子だけしか目にせずに何週間もすごせる。この屋敷だったら、地球上に自分ひとりしかいないと信じ始めてもおかしくない。

「クリスマスはどんな予定を立てているの?」

だしぬけにホームズの母親がきいた。かすれたささやき声だった。

「ぼくは……」

「娘にきいているの」

彼女はそう言ったけれど、怒った顔はアリステアに向けられていた。部屋を支配することに慣れている人間があんなふうにうつ伏せで弱っていたら、さぞかし不愉快にちがいない。

アリステアが咳払いをしてから言った。

「ロッティ、マイロがおまえに、クリスマス休暇はベルリンですごしたらどうかと言ってきている」

ホームズが両手をポケットに入れた。彼女の脳内で猛然と歯車が回り始めた音がぼくには聞こえた。

「兄さんが？」

「おまえのお母さまを疲れさせてはいけないから、その件について静かに話そう」

「その子を行かせるべきよ」

エマがそう言いながら、両ひじをついて上体を起こした。カニがちょこちょこ歩きだすみたいな格好だった。呼吸が苦しそうだ。

「その必要はない。わたしはロッティをここに置いておきたい。簡単には会えないのだから」

アリステアは小さな声で言った。妻を助け起こすそぶりも見せない。

ホームズは怖がっているように見えた。けれども、声は冷静そのものだった。

「お父さまは何週間もマイロと話をしていません。これまでマイロと話をしたあとに、口の横がそのように痙攣するところを一度も見たことがありませんから」

母親がソファからうんざりした顔を向けた。

「わたしはずっと具合が悪いのよ。相手の仕草を読み合うのはもうたくさん」

娘は「はい」と言いつつも、さらに踏みこんだ。

「けれど、お母さまが連れてきた医師、ハイゲート病院のドクター・マイケルズは繊維筋痛症の専門医ではありません。彼女の専門は……」

「毒物よ」

エマが告げたとき、アリステアがくるっと背を向けて廊下に飛び出し、後ろ手でばたんとドアを閉めた。

毒物だって？

「マイケルズはナノテクノロジーの専門家でもある」

ホームズが小声でぶつぶつ言ったが、明らかに感情を置いてきぼりにして頭脳のほうがどんどん先に進んでいるようだ。彼女がはっとした顔になった。

「なんてこと。お母さま、毒を盛られたのですか？　でも、わたしはその徴候にちっとも気づきませんでした。気づいてしかるべきなのに……まさかそんなことが……」

エマが燃えるような目つきになった。

「ルシアン・モリアーティのたくらみを阻止したとき、こうなる可能性をあなたは考えたのかしら」

ぼくは頭がくらくらし、壁に寄りかかった。あのときぼくの身に起きたできごとは今でも夢に見る。毒の塗られたバネ。高熱。幻覚。あれは毒物というよりブライオニー・ダウンズによる意図的な感染だったけれど、それでもぼくは顔面蒼白になり、全身がぐったりと衰弱した。エマ・ホームズが今どんな感じでいるのか想像もつかない。

「レアンダーはどこです？」

ホームズが肩を怒らせるようにして質問した。

「どうしてわたしにさよならも言わずに出ていくのでしょう？」

ぼくは母親の反応に備えて身がまえた。けれども彼女の目からはすでに炎が消え失せ、顔色がまた青白くなっていた。額には血管が浮き上がって見える。以前にエマ・ホームズの写真を見たのを覚えている。全身を黒のスーツで決め、口紅がものすごく赤く、切れた電線みたいにパワーの火花がぱちぱちと発散していた。目の前にいる衰弱した女性が同じ人物だとはとうてい思えない。毒を盛られるなんて。ああ、なんてことだ。彼女は仕事をもう辞めているはずだ。ホームズは母親がなんの仕事をしてたと言っていた？　化学者じゃなかったっけ？

「それは目下の問題ではないわ」

そう言って話に集中するように目を閉じたエマに、ホームズが言った。

「レアンダーは逃亡者のようにこっそり出ていったと言いましたね。お母さまがどうやら毒を盛られてから数日後に。それでも心配することは何もないと言うのですか？」

彼女は父親の出ていった書斎のドアに向いた。

「これもすべて計画のうちだというのですか？　いったい何が起きているのです？」

「毒物混入について、あなたが到着した日までさかのぼって追跡したわ。単発のできごとだった。そして、今は予防措置をほどこしてある。わたしたちが口に入れるもの、呼吸するものをコントロールし、スタッフを選別しているから、じきに解明できるでしょう。ただし今は……ロッティ、安全のために、あなたとジェイミーはここにとどまっていてはだめよ。旅行に必要な費用をあなたの口座に入れておいたから、お兄さまのところに行きなさい。この屋敷から出ていくのよ」

母親は娘に触れようとするかのように手を持ち上げた。ホームズはそれを無視した。背筋をぴんと伸ばし、じっと動かず、目をすがめている。

母親が言った。

「それがあなた自身のためだと信じてちょうだい」

「わたし自身のため……。おそらく、お母さま自身のためでしょう。わたしのためではありえない。お母さまは化学者です。明日には事態を収拾させていることでしょう。もしわたしが行くなら……」

「あなたは行くのよ」

「それなら、わたしは叔父さまの行方を捜します。わたしの推測が正しければ、叔父さまはたいへんな危機に瀕しているはずですから」

エマがぼくのほうを見た。

「あなたも娘といっしょに行くわね」

彼女は絶望したような目つきで言った。それは命令というより懇願めいていた。娘に対する和解の申し出。

この家ではだれもがほかのだれかと対立しているみたいだ。怒りと愛情と忠誠と恐れがすべて層になって重なり合い、どれがどれだか理解できない。ぼくは〝ノー〟の答えを返そうと口を開いた。このままホームズといっしょにドイツに行ったら、きっとうちの母に殺されてしまうから。それに、ぼくは彼女の下僕でも護衛でもない。シャーロット・ホームズなら自分の面倒は自分で見られるし、仮にそうじゃないとしても、ぼくの世話だけは受けたくないはずだ。

ホームズが手探りでぼくの手を握ってきた。

「行きます」

ぼくの口がそう言うのが聞こえた。

「もちろん、ぼくも行きます」

第四章

ぼくは父と取引するために、手元にあるかなりいい交渉材料を使おうと決めた。ここで手を打っておかないと、親の監督なしで勝手にヨーロッパに向かったと知った母がかんかんに怒り、ぼくを殺すために追いかけてくるだろうから。

「レアンダーはもう出かけた」

ぼくは電話で父に伝えた。

「ホームズのお父さんが言うには、夜中に出発したって。接触者のひとりが不安でいらいらしてるみたい」

車の後部座席で話しながら、ぼくは隣にすわるホームズをじっと見ていた。彼女は頭から足の先まで黒ずくめだ。襟つきのシャツも、細身のパンツも、ぼくも自分用に一足ほしいかなと思っているウィングチップも黒。膝のあいだには、大きな銀色の留め金がついた黒い小型スーツケースを置いている。ストレートの黒髪を両耳の後ろにかけた彼女は唇をすぼめ、猛烈な勢いで携帯電話の画面をたたいていた。その様子は危険でありながら繊細だった。

いかにも解決すべき新しい事件を手にしたという姿。それをどう感じたらいいのか、ぼくにはわからない。

電話から父の声が聞こえた。

「で、おまえはベルリンに行くんだな。彼を捜しに」

その声には懇願の響きがあった。こんなに何人ものおとなたちから立て続けに頼みごとをされることが、今まであっただろうか。こき使われるのではなく、交渉相手にされるなんて。控えめに言っても、この一週間はふつうじゃなかった。

そもそも、この一年がふつうじゃない。

「ベルリンに行くよ。エマ・ホームズがルシアン・モリアーティに毒を盛られたみたいだから」

横で聞いていたホームズが片方の眉を上げたけれど、何も言ってこなかった。彼女の電話の画面を覗いてみたら、マイロからのメールがポップアップしたところだった。

〈その電話番号をたどってみた。レアンダーは使い捨て電話からかけている。もちろんつじつまは合う。彼は潜入捜査中だ〉

〈出どころを調べてほしい。どこで、だれから購入したか〉

画面を覗きこむのに、ぼくは思いきり首を伸ばさなくてはならなかった。彼女はいらだったようなため息をひとつもらしつつも、ぼくが読みやすいように電話をふたりのあいだに置いてくれた。

〈おまえは両親の問題よりもこちらの件に関心があるのか？　毒物だと？　正直、両親はなぜおまえにそれを話して、わたしには話さなかった？〉

兄の問いに対し、彼女が返信した。

〈それはわたしが頭がよくて情緒の安定した子どもだから。しかも仕返しなどしない〉

〈今しているじゃないか〉

〈ところで、ルシアン・モリアーティはもうタイから連行してきて、歯を抜く拷問にかけている？〉

〈まだだ。当面はサセックスの屋敷に警護チームを配備するよう手配した〉

〈よかった。くれぐれも大げさでない範囲で〉

〈当然だ。おまえはお母さまの件で動揺していないのか？〉

ホームズは一瞬ためらってからタイプした。

〈もちろんしていない。事態はすでにコントロールされている〉

ぼくの電話では父がしゃべっていた。

「彼女が毒を盛られたみたい、だと？　おいおい、ジェイミー、そいつは目くらましだ。その手のできごとが彼らに起きるのを見たことがないわけじゃないが……まあ、ホームズ家の人間ならいつだって自分たちで対処できる。それより、おまえがベルリンにいるあいだ、レアンダーに関して少し探りを入れてみてくれないか？　マイロがきっと何か知ってる。彼は大勢のスパイを使ってるからな。おれが自分で確かめたいところだが、あいにく彼に直接連絡する方法がわからん」

ぼくは取引の準備をした。

「もちろん、その件はぼくが引き受けるよ。ただし父さんが、クリスマスにぼくがロンドンに帰らない理由を母さんにうまく説明して、母さんが絶対にぼくを捜しに来ないようにしてくれるならね」

父は長い吐息をついた。

「それがおまえの望むプレゼントか？　自分の代わりにおれを矢面に立たせることが」

「別に父さんがドイツに飛んできて、自分でレアンダーを捜してもいいけどさ」

これはフェアじゃない。父が本当にそうしたいのは百も承知だ。だけど、ぼくの異母弟はふたりともまだ小さいから、父としてはクリスマスに家を空けるわけにいかず、ましてや行方不明の親友を捜すなんてできるわけがない。

父が鼻を鳴らす音が聞こえた。

「汚いやつめ。よし、わかった。マイロを当たってみてくれるなら、おまえの母さんにはおれが話をつけておく。マイロはきっと叔父を捜すために人員を割いてくれるだろう」

ホームズの電話にはマイロから続々とメールが届いている。

〈レアンダーが市内にいないのは断言できる。少なくともレアンダー本人としては〉

〈だろうね。兄さんがクロイツベルクとフリードリヒスハインに持っているあらゆるコネクションを使いたい。そっちに二流どころの美術学校はあるか？〉

〈少し時間をくれ〉

「きみがなんの話をしてるのかさっぱりわからないよ」

ぼくはホームズに小声で言った。

「ベルリンに行くんだとばかり思ってたのに。クロイツベルクってどこだ？」

「ベルリン市内だ」

当然だと言わんばかりに彼女が答えたとき、父の声がした。

「ジェイミー？」

「ああ、父さんが彼から受け取ってた電子メールだけど、こっちに転送してくれない？きっと役に立つと思うんだ」

父はしばらくためらってから答えた。

「それは気が進まないな。だが、おまえが何か特定の情報を必要としてるとき、それに絞って知らせることならできる」

「なんでメールを回してくれないの？」

「シャーロットがおまえに何ヵ月か毎日メールしてきたとしよう。ジェイミー、おまえはそれをなんの躊躇もなく父親に転送して読ませるか？」

「もちろん送るよ」

もちろん送るわけがない。でも、説得する時間はもうなかった。フロントガラスの向こうに空港の建物が見えてきた。

「父さん、もう切らないと」

「ひとつだけ約束してくれ。おまえが自分でレアンダーを捜したりしないと。彼は複雑なシナリオを組み立ててる。それをおまえが台なしにしてほしくない。約束できるな」

理由は〝安全じゃないから〟でも〝おまえを危険な目にあわせたくないから〟でもなかった。父はただ、ぼくのせいでレアンダーの潜入捜査がぶち壊しになることだけが心配なんだ。いつものように父には明確な優先順位がある。それを知ることができてよかった。

「ぼくたちだけで彼のあとを追わないって約束するよ。それでいい？」

守る気なんてさらさらなかったけど、ぼくはそう言った。

「空港です、お嬢さま」

運転手が声をかけてきたとき、電話の画面を見ていたホームズが突然、ぞっとするような笑い声をたてた。メールにはこうあった。

〈おまえたちに案内役をつけてやろう。だが、果たしておまえたちが受け入れるかどうか〉

ぼくはマイロ・ホームズの下で働いている人物にはっと思い当たった。

「だめだ。そんなの絶対にだめだよ」

それに続けてぼくは、ブリクストン通りの暗い歩道で蹴られていた男の口から聞いた言葉をいくつか吐いていた。

「ジェイミー、いったいどうなってる?」

父の声が聞こえたけれど、ぼくは電話を切った。ホームズの電話に表示されたマイロのメールから目を離せないでいた。

〈言葉に気をつけるようワトスンに言ってくれないか? うちの盗聴担当の耳がどうにかなってしまう〉


ぼくは物心がついてからずっと英国とアメリカのあいだを行ったり来たりさせられてい

るにもかかわらず――むしろ、そういう生活だったからかもしれないけど――それ以外の国に旅行したことがない。休暇の家族旅行にはいつも失望させられた。コネチカット州で育った人間は必然的に一度は家族そろってニューヨーク市に行くことになるけれど、うちの場合は、フランチャイズのレストランで食事をし、ブロードウェイでトラがローラーブレードで走るショーを観た（この責任は父にある。たいていの場合、父のせいだけど）。ロンドンに転居してからは、休暇の家族旅行はたった一度きりだった。母がキャンピングカーを借り、ぼくと妹をアビー・ウッドに連れていった。そこはロンドンの南にあり、うちのアパートから一・五キロしか離れていない。四日間の滞在中、ずっと雨にたたられた。ぼくは妹とふたりで一台の折りたたみ式ベッドを使わされ、最終日の朝は妹のひじが口に飛びこんできたせいで目が覚めた。

何が言いたいかというと、シャーロット・ホームズとのベルリン行きには、これまでの旅行なんか遠くおよばないということだ。

グレーストーン社は市内のミッテ区に本部をかまえている。マイロが起業した当初は監視に特化したテクノロジー企業だったけれど、世界には生身の人間にはけっしてできない特定の仕事があることが明らかになったとき、業務を拡大させた。ぼくが聞きおよんでいるのは、会社の従業員たち（兵士とスパイ）が傭兵としてイラクに派遣された件と、ホームズの八年生の卒業式のときにマイロが自分の護衛に命じて出席者全員の身体検査をさせようとした話ぐらいだ。

空港から乗ったタクシーの車内で、ホームズが会社についてざっとレクチャーしてくれたけど、大部分はすでに知っている内容だった。彼女がぼくのことを物覚えが悪いと思っているのか、あるいは神経質になっているのをおしゃべりでまぎらわせているのかもしれない。彼女が神経質になるのも当然だ。あと十分もしないうちに、ある人物と対面しなければならないのだから。それは、秋のあいだずっとぼくたちを殺そうと独創的な方法を喜々として探していた男を兄に持つ人物。家族（と服役）から逃れるためにみずからの死を偽装した人物。シャーロット・ホームズが心から愛し、その愛に報いてくれないという理由で彼女が刑務所送りにしようとした人物。オーガスト・モリアーティ。彼は純粋数学の博士号を有し、王子さまみたいに魅力的なほほ笑みの持ち主で、たぶん盗難絵画の扱いについてヘイドリアンという名の兄から一から十まで教わっているだろう。マイロが市内の案内役として指名する人物が、彼以外にいるだろうか。

ぼくはふたたび斧がほしくなった。でなきゃ、槍の先に刺さったマイロの首でもいい。

ベルリンの街には雪が見当たらず、ロンドンよりも暖かかった。考えてみると、この街についてほとんど何も知らない。ベルリンに関するぼくの知識は世界史の教科書と、第二次世界大戦を描いた映画がベースになっている。知っているのはナチス関連と、ドイツ人の作る車は最高だということと、ドイツ語にはまさか名前がついているとは思わない感情にまでそれをあらわす複合語がちゃんとあること。ぼくの母は、他人の不幸を喜ぶ気持ちを意味する〝シャーデンフロイデ〟を持ち出すのが好きで、ラジオの渋滞情報を聞くたびに「ロンドンで車を持つぐらいばかなことはないわ」と笑っていた。ぼくたちはまっとうなロンドン市民として（あるいは、母がこうあるべきだと考えるロンドン市民として）地下鉄を利用した。

　こうして目にするベルリンは、どの建物も第二の人生を送っているみたいなところがロンドンに少し似ている。通りすぎた食料品店のファサードは昔の博物館のものだった。かつての郵便局はギャラリーに生まれ変わり、耳（！）の彫刻を飾ってあるウィンドーの上でドイツ連邦郵便《ドイチェ・ブンデスポスト》の看板が消えかかっている。レンガ壁に街灯の絵が描かれ、その前に本物の街灯が立っている場所があった。建物にも、看板にも、いたるところにアートがあふれている。通り沿いのレンガ塀には〝資本主義をつぶせ〟とか〝すべてを信じろ〟とか〝しっかり目を開けておけ〟とか書いてある。すべて英語だった。この街には安い家賃とコミュニティに惹かれて海外から大勢のアーティストが移住していると聞く。英語が彼らの共通語なのだろう。一番印象的だったのは、落書き《グラフィティ》がひとつも塗りつぶされていないことだった。この街はまるで変容と不満の両輪によって作られているみたいで、新しくてきれいな店はまだ未完成品にしか見えない。

ミッテ区が近づいてくると、街並みががらりと変わった。とても小さな公園が次から次へとあらわれ、グレーストーン社までの道では、古めかしくて美しい巨大な美術館や、大規模な環状交差点や、庭園を隠している塀の数々を通りすぎた。

全部記録しておこうとノートを取り出す。隣でホームズも窓の外を眺めているけれど、景色が目に入っているとは思えなかった。彼女がここを訪れるのはこれが最初じゃないし、ぼくが彼女だったら、オーガスト・モリアーティにどんな言葉をかけたらいいかを考えることだろう。

グレーストーン社に到着したときにはノートの一ページ分が埋まり、タクシーが停まる前に残りを急いで書き上げた。

「行こう、ワトスン」

ホームズは運転手に紙幣を投げて渡すと、ぼくをドアから引きずり出した。

目の前にガラスのタワービルがそそり立っていた。その新しさと奇抜さが周囲の街並みからすっかり浮いている。上部の十階層分をグレーストーン社が占めているらしい。セキュリティ会社なので――マイロのことなので――ぼくたちは金属探知機を通され、全身スキャンにかけられ、二種類の生体認証カウンターを経たあとで、ようやく荷物用エレベーターで彼に会いに行くことを許可された。しばらくはオフィスフロアの階が続く。マイロのいるペントハウスは最上階だ。

「ぼくたちが来るのを彼は知ってるんだよね？」

ぼくは同じことをもう十回もきいている。

「もちろんだ」

エレベーターががくんと揺れた。

「あの網膜スキャン装置が急いで設置されたものだと気づいたか？　マイロはポップコーン片手に監視カメラでわれわれを眺めているに決まっている。あのろくでなしめ」

エレベーターがまた揺れた。

「お兄さんを侮辱するのはやめなよ。このまま墜落死させられるかもしれない」

マイロ・ホームズを見るたびに、古きよき時代の映画のセットから迷い出てきたのかと思ってしまう。堂々たる話しぶりは英国の大学教授みたいで、彼がオーダーメイドのスーツ以外の服を着ているのを見たことがない（その一着がぼくのスーツケースにたたまれて入っている。くすねてきたのを申し訳なく思おうとしたけど、うまくいかなかった）。オフィスもみごとに彼を体現していた。時代遅れで開放感がなく、昔のスパイ小説に出てくるMI5みたいだ。お気に入りのフィクション作品から要素をかき集め、不釣り合いな場所と時代にごちゃごちゃと寄せ集めて配置したとしか思えない。

だけど、まさか本物の武装警備員がいるとは思いもしなかった。

エレベーターを出たとたん、ぼくたちは二名の警備員からオートマチック式の銃を向けられて立ち止まった。女性警備員のほうが手首に何やら早口で不法侵入がどうとか報告している。

「ぼくたちはセキュリティをパスしたんだ。怪しい者じゃない」

両手をあげながら警備員に言ってみたけど、彼らはぴくりとも動かなかった。

「えっと、ドイツ語で言わないとだめなのか？」

男の警備員が銃口をぼくの顔に向けながら言った。

「その必要はない」

ホームズは頓着しない様子で照明器具をじっと見上げていた。

「マイロ、わたしの声が聞こえているのだろう？　マナーをすっかり忘れたのか？　兄さんのせいでワトスンがわめいてしょうがない」

「もちろんマナーを忘れてなどいない」

壁紙の一部が急にドアになって開き、ホームズの兄が歩み出てきた。彼がうなずきかけると二名の警備員は銃を肩に担いで通路の先へと消え、マイロの本業である安手のマジックショーの幕が下りた。

「楽しくなかったか？」

マイロの問いにぼくは答えた。

「全然。あなたはどんなお客にもこんな対応をするの？」

彼は上品な作りのポケットに両手を入れた。

「わが妹にだけだ。きみたちが来客用エレベーターで上ってくれれば、たがいにこのようなトラブルは避けられたのに」

「これに乗せたのは彼らで……」

ホームズがさっと手をあげて、ぼくを黙らせた。彼女の目は部屋を見回していた。

「兄さんはロビーを一度も改装していないな。今も醜悪な骨董店のように見える」

「おまえも知ってのとおり、ここはロビーではない。わたしの居住スペースだ。実際のロビーなら何度も見ているだろう？　今もそこでX線チェックを受けてきたはずだ。もう一度あそこに戻りたいのか？」

「ああ。叔父さまを捜索したり屋敷に警護をつけてしかるべきときに、わたしの歯のレントゲン写真を撮るような価値のある目的に兄さんが時間を費やすのを見るのは、とても楽しいからな」

「わたしが手を打っていないとだれが言った？」

「兄さんが何もしていないのは、見ればわかる」

「ものごとをどう見るかもわかっていないくせに」

ホームズはマイロに一歩近づいた。

「ぶくぶくに太ったブタさんがアルファベットを覚える前に、わたしは他人を読み取る方法を知っていた」

「そんなことを言うのか？　おまえとそこにいる〝相棒〟がいやらしいことを始めた事実に関して、わたしはずっと口をつぐんできたのに。そのあと、残念な結末に……」

そこでホームズが突進したけれど、兄のほうは攻撃をよけ、勝ち誇ったように笑った。

「ちょっと、ふたりとも。彼はどこ？」

ぼくがはさんだ質問に彼女が応じた。

「だれのことだ、ワトスン？」

「オーガスト・モリアーティだよ。きみたちは彼のことで喧嘩してるんだろ？　ぼくの思いちがいかもしれないけど。これはひとつの勘さ」

ぼくは前にやられたようにマイロのことを頭からつま先までじろじろ観察した。

「勘ならほかにも働いてる。あなたがもう三年も四年もだれかといやらしいことをしてない、とかね」

マイロは眼鏡の位置を直した。次にそれをはずし、黙ってレンズを袖で拭き始めた。

「実際には二年さ」

ぼくの後ろで柔らかい男の声がそう言った。

「マイロはまだあの伯爵夫人の件から立ち直っていないんだ。あれ以来ここに女性がいるところを見たことがない」

シャーロット・ホームズが完全に固まった。

さらに背後の声が続ける。

「とはいえ、わたしのほうがもっと長い。だから、それを笑う資格はないな。そう言えば、わたしの婚約が破棄されたのは、きみたち三人のおかげだと聞いてる。嫌みでなく本当に感謝しているよ。ありがとう」

マイロがほっと息をついた。

「オーガスト。来てくれてよかった。ロッティ、彼がわたしの情報提供者に近づけるよう手配しておいた。彼にいろいろと案内してもらうといい。わたしは……悪いが、もっと重要な用件があるのでね」

マイロは行こうとして、通路の先で足を止めた。

「ちなみに、ロッティ、フィリッパ・モリアーティがおまえとのランチについて確認の電話をかけてきた。彼女の電話番号をおまえの部屋に残しておいたから」

爆弾を落とすなり彼は立ち去った。それを処理する時間もないまま、ぼくはホームズとモリアーティとともにその場に残された。ぼくは臆病者だ。だから、できるかぎりその瞬間をあとに引き延ばしてから後ろを振り向いた。

オーガスト・モリアーティは食いつめたアーティストみたいな服装だった。破けた黒のジーンズと黒のTシャツと足先に鉄のプレートが入ったワークブーツ（もちろん黒）を身につけ、金髪をソフトモヒカンにしている。でも、一方で詩人のような服装にも思え、裕福な若者の上品さをそなえ、その力強い目の光を見ているとぼくはなぜか……。

そう、ぼくはなぜかシャーロット・ホームズを連想した。オーガスト・モリアーティの何もかもが彼女を思い起こさせる。数学科のウェブサイトで見つけた写真の中ではツイードのブレザーを着てほほ笑んでいたけれど、目の前に立っている彼は、ホームズとはまるで鏡に映した双子のようだった。ふたりは言葉も交わさないうちから、明らかにたがいに何かをし合っていた。硬くて壊れない芯に達するまで相手を分解したか、カスしか残らなくなるまでリキュールみたいに抽出したか。ふたりのあいだには、ぼくがまったく関与していない過去のいきさつがある。

ぼくは深読みをしすぎているのかもしれない。彼という存在に対して深読みを。とはいえ、ぼくとホームズの関係はもはや希薄になりつつある。それをあとかたもなく吹き飛ばしかねない突風が出現したわけだ。

物腰のとても柔らかな突風が。

「マイロがきみのことを褒めていたっけ」

オーガストがそう言いながら握手してきた。彼の前腕には黒い幾何学模様のタトゥーがあった。

「とても珍しいことだよ。マイロはホログラムでない生身の人間にはたいてい気づきもしないからね」

「きみとマイロが親しいなんて知らなかった」

ぼくは何か言わなきゃと思い、言ってみた。握った手をまだ上下させていた。

相手の握りが強かったので、ぼくはもっと強く握り返した。

彼が声を出して笑った。親しみの感じられる響きだった。

「わたしたちはふたりともゴーストだからね。もしも自分が法律上存在しないとしたら、きみはほかのどこで働く？　わたしのにらんだところでは、マイロは自分のデジタルの痕跡をすっかり消し去って、理論上は生まれてもいないことになってるはずだ。わたしたちには共通点が多いんだよ」

彼がまだ手を握っているので、ぼくは「なるほど」と合わせた。

「兄ルシアンのことを謝罪しておかないと。わたしはけっしてきみたちの殺害を兄に頼んでなんかいない。それをぜひわかってほしいんだ」

握りしめた手の指の感覚がなくなり始めていた。

「自分がただの巻き添えだってことぐらい、ぼくはちゃんとわかってるよ」

「そうだな、もちろん。そのとおりだ」

彼の顔に奇妙な表情がよぎり、すぐに消えた。

「とにかく、すまなかった」

「そうだ。フィリッパの名前が出てたけど、きみとフィリッパは……近しいのか？　彼女がなぜぼくたちと会いたがってるかわかる？」

「よくはわからない。わたしが死んで以来、姉とは話もしていないから」

ぼくは思いきってホームズのほうを見てみた。彼女は両手を身体の横に押しつけ、身じろぎもしていない。緊張や恐れは感じられなかった。この二年という月日がオーガストにどんな変化を与えたのか、彼女の裏切りが何をもたらしたのか、そのせいで彼が彼女を憎んでいるかどうか、そうしたことがらをいつものように相手から読み取ろうとするかと思いきや、そんな様子もない。

　ホームズはただ彼を見ているだけだった。そして、静かな声で言った。

「バースデーカードを受け取った。ありがとう」

「ラテン語で書いたのが気にならなかったらいいんだが。もったいぶって見せようなんてつもりはないんだよ。わたしが望んだのは、ただきみに……」

「わかっている」

　彼女の目が輝いていた。

「カードを見て、あの夏を思い出した。それを望んだんだろう？」

　オーガスト・モリアーティはまだぼくの手を握っていた。もはやたがいに手を動かしてさえいない。彼はホームズをじっと見つめていた。まるで泉の底で光る銅貨を見るように。

　ぼくはといえば……まあ、ふたりのあいだの空間を見つめていた。

「これは戻さないと」

　ぼくはそう言ってオーガストの手からの自分の手を引き抜いた。

　彼がそれに気がついた様子はなかった。

「ふたりとも長旅でくたくたになったんじゃないか？　一週間はここにいるんだろう？

マイロの助手に言って部屋に案内させるから、荷物を置いて落ち着くといい。機内でランチは食べたのかな？　ならいい。それで今夜は……そう、あるバーに行かないと。そこできみたちの意見を聞きたい」

「フィリッパの件を話さなくていいの？」

ぼくは彼女の名前を口にするときに、ありったけの敵意をこめた。

その問いを無視してホームズがきいた。

「そのバーは〈オールド・メトロポリタン〉か？」

「土曜の夜だから、レアンダーがあらわれるとしたらその店だ」

「今夜行くことにしよう。どうも想像がつかないんだ、彼が何を……とにかく、これ以上は待てない」

「オールド・メトロポリタンだが……」

オーガストの声には意外にも苦い響きが感じられた。

「きみはどうしてそこだとわかった？　どのように推理したんだ？」

「わたしは推理などしていない」

ぼくは咳払いとともに割って入った。

「うちの父にきけばよかったのに。父は十月からずっと毎日レアンダーから進展状況を知らされてたから、きっとぼくたちが捜すべき場所のリストを持ってるよ。それより、フィリッパの話をしない？　彼女はきみと会って何がしたいんだ？」

ふたりはぼくに目もくれなかった。

「オールド・メトロポリタンにいたった道筋を教えてくれないか」

オーガストはそう言うと、エレベーターのあいだに置かれたベンチまで彼女を引っぱっていった。彼はすっかり好奇心をそそられている。そこには別の何か、もっと暗い何かも感じられた。

「ワンステップずつ、ゆっくりと説明してくれ、シャーロット。今のが推理でないわけがない」

「土曜の夜だからだ。わたしはけっしして……」

ぼくは思わず口を開いた。

「ああ、きみは推理してないよ」

だけど、だれも聞いてやしなかった。

ぼくはマイロの助手とやらが来るのを待たず、自力で部屋に行こうと決めた。ホームズとオーガストから邪険にされるのは、これ以上耐えられなかった。

部屋を見つけ出すのはむずかしくなかった。通路に面したドアの大半がキーコードでロックされており（ドアの後ろに何が隠されているかは知りたくもない）、鍵がかかっていないのは突き当たりの部屋だけだった。

ドアを開けてみた。たちまち息をのんだ。

科学実験棟四四二号室に戻ったのかと思った。サセックスのホームズの部屋に戻ったかと思った。シャーロット・ホームズの頭の中に戻ったのかと。

室内は暗かった。シェリングフォード高校のラボとちがって窓がひとつあるけれど、黒く塗られていて自然光はまったく入ってこない。照明器具の列が天井からヘビのようにぶら下がっている。何かの化学実験が中断されたままになっているテーブルの上にはバーナーが並び、計量された白い粉末がいくつかの山になっていた。書棚はひとつもなく、その代わり本がいたるところに積んである。ふっくらしたひじかけ椅子の横、ソファの後ろ、白い漆喰暖炉の両側にも。暖炉の格子の中の本はまるで焚きつけみたいだ。ドアのそばにあった山から一冊手に取ってみた。中身はドイツ語で書かれ、表紙には二等分された十字架が描かれている。ぼくはそっと山に戻した。

部屋の隅を見ると、実験器具と目と鼻の先に簡易ベッドが置かれていた。新しく運びこまれたものらしく、使い古されたまわりの家具に比べてずっときれいだった。まぎれもなくぼく用だ。

でも、それを使わずにホームズのベッドで寝泊まりすることに決めた。

部屋にはマイロ（もしくは部下たち）が彼女のために作ったロフトがあり、壁の上のほうにベッドがボルトで固定してあった。船の見張り台みたいに小さくて高い。ホームズはあの上から自分の小さな領地を見渡すことができる。マイロからこの部屋を与えられたとき、彼女は何歳だったんだろう。十一歳？　十二歳？　兄妹の年齢差は六歳だから、ホームズから聞いた年表から考えて、マイロは十八歳にして自分の帝国を築き始めたことになる。そして、新しい生活の中で妹のために居場所を作ってやったのだ。ぼくはロフトのはしごを登ってみた。ホームズのミニチュアが懐中電灯を口にくわえてベッドに上がるところを想像しながら。

ホームズは兄の忠実な部下たちに囲まれながら、自分の船室ともいえるこの場所で、マイロ船長を助ける一等航海士になったように感じていたにちがいない。ここならだれにも邪魔されず、世界とも隔絶されている。

ぼくは自分の行動の意味をはっきり把握している。彼女の居場所を奪うことで、どうにかホームズと衝突しようともくろんでいるのだ。ぼくがまだ存在していることを彼女が認識している証しがほしかった。煙草に火をつけながら、彼女は言うだろう。ワトスン、子どもじみたまねはよせ。こっちに下りてこい。計画があるんだ。

オーガスト・モリアーティは子どもじゃない。ひとりの男だ。それがぼくの第一印象で、ぼくにはそれが何より問題だった。どうしても彼を基準に考えてしまい、ぼくはその基準をとうてい満たしていない。オーガストが完成したスケッチだとしたら、ぼくはそのまわりの何も描かれていない空白だ。具体的に言うと、ぼくの身長はせいぜい一メートル七十八センチ。身につけているのは色あせたジーンズと父親のジャケット。銀行口座には十二ドルしかないのに、どういうわけか旅行に、それもヨーロッパ旅行に同行してしまい、旅先では支払いもタクシー運転手とのドイツ語によるやり取りもすべて親友まかせで、自分のことを車のルーフにくくられて運ばれる彼女の荷物だと感じないようになんとか努力している。

あれから三十分が経過した。そして、一時間。いつまでもこんな考えごとをしたくないのに、ほかにすることなどなかった。

自分を苦しめるだけなのに、フィリッパ・モリアーティがホームズに何をする気なのかを考える。なぜ彼女はランチの機会を画策したんだろう。ぼくだって、ばかじゃない。思い当たる意図はいくつかある。殺害。手足の切断。とはいえ、マイロの傭兵会社の実情に触れ、フィリッパは暴力を行使できないだろうと思えてきた。もしかすると両家の緊張緩和が目的かもしれない。あるいは、レアンダーの拘束場所を知っているとか。それとも、この愚かな戦争で自分はルシアンの側についていないと伝えたいのだろうか。

弟のオーガストが生きているのを知った可能性もある。

いても立ってもいられず、電話を取り出して父にメールを打った。

〈フィリッパ・モリアーティについて何か知ってる?〉

返事はすぐに来た。

〈新聞記事に出てる程度で、おまえと変わらない。なぜだ?〉

〈オールド・メトロポリタンというバーについてはどう?〉

〈レアンダーが土曜ごとにそこに行き、地元の美術学校〝グンストシューレ・ジーベン〟の教授と会っていた。ナタニエルという人物だ。ほかにグレッチェンという名がよく出てきた〉

ホームズが言っていた贋作人だ。

〈ほかにぼくが知っておくべき場所はある?〉

〈リストにして電子メールで送ってやろう。マイロが事態を真剣に受け止めてるようで安心したよ〉

マイロは絶対にそうじゃないと思う。だからこそ、ぼくたちをオーガストに押しつけたんだ。ぼくは電話をしまった。

一分後、また電話を取り出していた。

〈レアンダーと仕事をしてたころ、父さんは自分が彼のお荷物だと感じたことはない？　たとえば、彼が父さんを事件捜査に連れていくと言いながら勝手にいなくなって、父さん抜きで解決したときとか〉

〈もちろん、ある。だが、お荷物だと感じずにすむ方法ならあるぞ〉

〈どうやるの？〉

いつから父は、ぼくがアドバイスを求めるような頼もしい存在になったのだろう。なんだかとても違和感がある。

メールの着信音が鳴った。

〈おまえの銀行口座に百ドル入金しておいた。さあ、行って、彼女抜きで解決してこい〉


オールド・メトロポリタンは英国で行ったどんなバーよりも客でごった返していた。ぼくはそれほど多くの店に行ってはいないけれど、だいたいの相場はわかっているつもりだ。英国では、親が買ってきてくれるなら、十六歳から夕食にビールを飲むことができる。十八歳になったら、なんでも好きなものを注文できる。ドイツの法律も似たようなものだった。ぼくの人生の大きな皮肉のひとつはアメリカの高校に送られたことで、かの国では二十一歳になるまでは酒を飲ませてもらえない。

オールド・メトロポリタンは学生たちでいっぱいだった。ここはクンストシューレ・ジーベンのキャンパスから通り二、三本分しか離れていない。その知識は近所をうろつきながら仕入れた。グレーストーン社の本部を出たとき、まだ夕方前だったので、日が暮れるまでの時間を利用して変装を充実させようと決めた。ぼくはホームズが自分を作りかえる過程を間近で見たことがあり、ほんのわずかな工夫を加えるだけでふだんの外見が完全に別人のものになることを知っている。ぼくが潜入捜査に向いているかどうか、一度だけ彼女に尋ねてみたことがある。そのときは目の前で大笑いされた。

今回は笑われない自信がある。まずハットとミリタリーブーツを古着店で買った。それから理容室を見つけ、てっぺんは長いままでサイドを刈り上げる形の、この街で頻繁に見かけたヘアスタイルにしてもらった。ぼくの髪はうねりが強いのに、理容師がスタイリングに使った何かのおかげで、まっすぐなめらかに整えられた。できあがったとき、ぼくは眼鏡をかけて鏡を見てみた。

ぼくは日ごろ、待合室などでおばあちゃんたちによく話しかけられる。親しみやすい青年に見えるのだろう。自分ではそんなふうに見えたことはないけれど、鏡の中のぼくにはそんな要素は皆無だった。にやっと笑い、ハットを浅くかぶると、ぼくは理容師にチップをあげて、夕食にありつくために店を出た。

サイモンだ。今からサイモンと名乗ろう。

ぼくは通りの先で見つけた怪しげな移動屋台でギロピタサンドを買い、それにかぶりつきながらオールド・メトロポリタンまで歩いてきた。ひとりで初めての場所を訪れるとき、観光客かとなめられないように、ぼくはいつも自分の歩きかたや視線を向ける先を意識する。今夜は地元の学生みたいに見えるよう、指についたザジキソースを舐めながら、ストリートアートに関心も示さずにぶらぶら歩いた。サイモンはオールド・メトロポリタンの入口の上で客を脅すように牙をむくネオンの巨大なドラゴンにも注意を払わない。サイモンはそれをもう百万回も見ているのだ。サイモンの叔父さんはこのブロックのほんの少し先に住んでいる。

サイモンは店内の混雑にも慣れているので、ぼくは退屈そうな顔を作り、人混みをかき分けながらバーカウンターに向かった。だけど本当は、客の群れを見たとき、今にも平静を失いそうだった。せっかく新しい服とヘアスタイルで決めてきたのに、視界の中で斬新さから一番ほど遠いのがぼくだった。隣にいた女の子はピンク色の髪が毛先にいくにつれてぴかぴか光る金色に変化していた。彼女は友人たちとドイツ語で会話しながら巨大なグラスを持った手を大げさに動かすものだから、グラスに入っている何かの液体がぴちゃぴちゃとぼくにはねてきた。会話から聞き取れた単語は〝ハイデッガー〟だけだった。哲学者だ。たぶん哲学者だと思う。『シンプソンズ』で覚えたんだっけ？　ぼくはだれとも目が合わないように努めた。

その結果、バーテンダーをじろじろ見つめるはめになった。

「何にしましょう？」

彼はぼくが英語圏の人間であることを一発で見抜き、英語できいてきた。大丈夫だ、と自分に言い聞かせる。サイモンは英国人なんだ。

中のジェイミーはすっかり動揺していた。

「ピムス・カップを」

上流階級の男の子みたいな発音でそう注文したのは、サイモンを裕福な子と設定していたし、テレビで観た競馬では観戦の人たちがみんなピムス・カップを飲んでいたからだ。ああ、ぼくにスパイの才能がないと断じたホームズの正しさが証明されつつある。ぼくが世の中に関する知識をすべて木曜の夜のテレビから仕入れていることが、今夜のうちにすっかり露見してしまいそうだ。

ところが、バーテンダーは肩をすくめることも片眉を上げることもしなかった。飲みものを作るために背中を向けただけだった。ぼくは筋肉のひとつひとつから順番に力を抜いていって身体をリラックスさせ、意志の力で脳の空回りを止めた。ハットをさらにしっかりと後ろに傾ける。

ぼくの計画はこうだ。一杯の酒でねばりながら、周囲の会話に聞き耳を立てる。会話の中に〝クンストシューレ・ジーベン〟が出てきたら、そっちににじり寄っていき、クリスマス休暇に叔父を訪ねてきている将来有望な学生というふれこみで自己紹介する。

——たぶん、きみは叔父さんを知ってるかも。背が高くて、髪を後ろになでつけてて、ぼくみたいな英国人。一杯おごらせてよ。グレッチェンって子を知らない？　先週ここで会った女の子なんだけど……。

それをいやになるほど繰り返すうちに、だれかの口からグレッチェンかレアンダー、あるいは謎の教授の目撃情報を聞き出せるかもしれない。ホームズがあの〝金髪のガストン〟と腕を組んで店にあらわれたときには、ぼくはもう新しい手がかりを追って街に出たあとなのだ。

計画を思いついたとき、成功まちがいなしに思えた。そして、成功まちがいなしの計画のつねで、ずさんであることがすぐにわかった。まず第一に、オールド・メトロポリタンは騒がしすぎる。まわりの会話が何語だかもわからず、まして内容なんて聞き取れやしない。第二に、自分が怖じ気づくという要素を考慮に入れていなかった。見知らぬ相手に話しかけることに今まではなんの抵抗もなかったのに、今回ばかりはなぜかとても困難を感じている。

たぶん、この三ヵ月間ほとんどひとりとしか会話せず、その相手が世間話には血のしぶきがともなうと考えている人物だったせいだろう。

すっかり彼女に堕落させられたと思いながら、ぼくは自分の酒の上にうなだれた。わずかに残っていたサイモンの部分が粉々に砕け散った。ぼくはいったい何ごっこをするつもりだったんだろう。こんなのはちっとも得意じゃない。もうここにはいたくない。このバーで、下唇のピアスをもてあそぶ男の横にすわり、最大音量で流れるクラフトワークに顔をしかめているのはもうごめんだ。バーテンダーのほうに身を乗り出して、いくら払えばいいのかきこうとしたけれど、彼の注意を引くことはできなかった。

しかたなくまた椅子に戻ったとき、カウンターの端のほうにいる女の子がぼくをスケッチしているのに気がついた。

こっそりやっているつもりだろうけど、ばればれだった。スケッチブックを膝の上に立て、その上からこちらをちらっちらっと何度も見てくる。つややかな黒い巻き毛とちょっと上を向いたキュートな鼻の持ち主で、ぼくがいろんな女の子に目移りしていたころに好きだったタイプの子だ。気がつくとぼくは飲みものを持って立ち上がり、彼女のほうに向かっていた。

彼女は目を大きく見開いた。それから唇を噛んだ。ぼくは急に自信が出てきた。

そう、サイモンは自信たっぷりなんだ。

「ハイ」

ぼくはサイモンがそう言うのを聞いた。

「きみが使ってるのは木炭?」

「そうよ。あなたは何を使うの?」

「ぼくの道具はこのイケてる顔さ」

このたわごとはいったいどこから出てきたんだ?

「きみはなんて名前?」

「どうして?」

彼女の英語は米語のアクセントだった。

「きみはアメリカから来たの?」

彼女が笑った。

「ううん。でも、わたしの英語の先生はアメリカ人だった」

サイモンは彼女の隣に腰を下ろした。

「今から質問するから、本当のことを答えてほしい。いいね、ラブ？」

うわあ、最悪だ。

「今、ぼくを描いてた？」

彼女はスケッチブックを自分のほうに倒した。

「かもね」

「それはイエス？　ノー？」

サイモンは人さし指を上げてバーテンダーに合図した、彼はすぐにやってきた。

「この子が飲んでる……」

「ウォッカソーダ」

「ウォッカソーダをひとつ」

彼女はサイモンをむげに追い払うようなことはしなかった。サイモンはほほ笑んでみせた。その笑みにジェイミーの一部が入っていたとしても、サイモンもぼくもそれに気がつかないことにした。

彼女の名前はマリー＝エレーヌ。フランスのリヨン生まれだけど、家族は京都に住んでいる。京都を訪ねるのが大のお気に入りで、でも本当はいつかホンコンで暮らしたいそうだ。「現実の場所なのにすごく未来感があるのよ」と言っていた。彼女はクンストシューレ・ジーベンで学んでいる。小さいころパリに家族旅行で行ったときにルーブル美術館の中で迷子になり、そのとき恐がりもせずに印象派の展示棟内を夢見心地でさまよっていたらしい。

「そのあと何年もずっと睡蓮ばかり描いてて、両親にはわたしのことをクロードって呼ばせてた。クロード・モネみたいに」

サイモンは彼女を気に入った。ぼくはそれ以上に気に入った。彼女には何か秘密めかすような、いたずらっぽいところがある。秘密といっても小さなものだ。ホームズ規模じゃない。実際、彼女はホームズとはまるでちがう。ぼくは心安らぐあまり泣きたくなった。

「確かにあなたを描いてたわ」

ぼくは急に現実に引き戻された。

「え？」

「あなたのその表情を。さっきもその表情をしてた。おばあちゃんが死んじゃって、でもそのことに怒ってるみたいな顔。とても……興味深い。それに、少し気持ちを不安にさせられる」

マリー＝エレーヌはスケッチブックをこちら向きにして見せてくれた。まぬけなハットをかぶった男の子が、まるでそこに答えが見つかるかのように自分の両手をじっと見下ろしている。

よく描けた絵だった。それが自分だというのがいやだった。

ぼくは自分を無理やりサイモンの殻の中に押し戻した。

「ぼくはその絵よりもっとハンサムじゃないか？」

彼女は飲みものをもてあそびながら、上目づかいにぼくを見た。

「そうね。あなたはハンサムだわ」

次にどうしたらいいのかわからなかった。この状況だったら、いつもは女の子に身を寄せてキスする。いや、訂正。いつも女の子に身を寄せたけど、それはあくまで地下室のパーティでの話だ。バーでもうまくいくだろうか。サイモンならきっとそうふるまうだろう。ぼくもそうしたいと思った。でも、同時に全然それを望んでいなかった。話題を変えるべきなのか。レアンダーが接触していた贋作人のグレッチェンについて質問しようか。それとも、マリー＝エレーヌが教わっている教授たちについてきくべきか。ためらいなんか隠して、ただキスしたほうがいいのか。

短い間があいた。彼女が飲みものをひと口飲む。とたんに表情が明るくなり、ぼくの背後にいるだれかに「こっちよ、こっち！」と手を振った。

数秒後、ぼくたちふたりはよくしゃべる女の子の群れに囲まれていた。ひとりが背負っていたバックパックに絵の具が飛び散っていたので、美術学校の仲間だと見当をつけた。

「ねえ、みんな、彼はサイモン。英国人よ」

嵐のように次々と自己紹介がなされた。その中に〝グレッチェン〟という名前が聞こえた気がして、ぼくの鼓動は速くなった。

「来年、クンストシューレ・ジーベンに入学しようかと思ってるんだ」

ぼくは店内の音楽に負けじと声を張り上げた。今はディスコに変わり、いっそうやかましくなっていた。

「ぼくはビデオアートをやってる！　だれかビデオアートをやってる子、いる？」

隣の女の子が「イエス！」と叫んだ。

「作品のこと、もっときいていいかな！」

「金曜の朝はいつもよ！」

質問が聞き取れなかったのか英語が苦手なのかわからないけど、女の子の集団は移動を開始していた。マリー＝エレーヌがぼくの手を握って引っぱった。招待のサインだ。ぼくは勝ち誇った気分でカウンターに金をいくらか放り投げた。今からみんなでパーティに繰り出すらしい。そこには別の学生たちがいる。きっとレアンダーについて何か知っている子がいて、ぼくは〝情報〟を手にしてホームズのもとに帰る。それこそが彼女とオーガストの持っていないもので……。

いや、そうとはかぎらない。というのも、店内のドアの手前に、まるで悪夢のようにホームズとオーガストが立っていたから。

第五章

　ぼくはふたりが入ってきたところを見ていない。それは、いかに彼らがうまく変装したかという証しと言える。けれど、ふたりはこの店の客たちに溶けこめるような服は着ていない。ぼくとは正反対の方針を採用していた。オーガストはジェルでなでつけた髪から足元の白のスニーカーとハイソックスにいたるまで、いけ好かない観光客モード。ホームズのほうは彼の隣でウェストポーチの中を引っかき回していて、マウスブラウン色のウィッグの毛がだらしなく顔にかぶさっている。

　ホームズがちらっと目を上げた。その視線がぼくの手にさっと動く。マリー＝エレーヌと手をつないでいるのを見て、彼女の顔が青ざめた気がした。

　いずれにしても、彼女の立て直しはすばやかった。

「あんた、見つけたわよ」

　ホームズは大声で言った。ぼくのカムフラージュを台なしにするつもりなのかと思ったとき、彼女はオーガストに向いた。

「わたしの言ったとおりでしょ。彼はわたしたちを撒《ま》けやしないって」

マリー＝エレーヌがいぶかしげにぼくを見た。

「ぼくのいとこたち、ロンドンから旅行中の」

どうにか設定を崩さないように答えた。

「別に撒こうとしたわけじゃないんだ。ふたりで夜の観光を楽しみたいって言うから」

「じゃあ、ふたりにも来るように言って」

マリー＝エレーヌはそう言うとぼくの手を放し、すでに通りに出ている仲間たちに追いつくためにドアを開けて夜気の中に出ていった。

ホームズとオーガストはぼくのすぐ後ろについてきた。彼女が小声できいた。

「きみの名前は？」

「サイモン。きみたちは？」

「タビサとマイケル」

「妹と兄の設定？」

ぼくはオーガストにきいた。ふたりとも茶色のカラーコンタクトレンズをつけている。

「そうだ。だが、なかなか信じてもらえないだろうな。何しろ、彼女よりわたしのほうがずっと美形だから」

ぼくは思わず笑ってから、彼を嫌っているはずだと自分に言い聞かせた。

「彼女に引きずりこまれて来たの？」

当のホームズは寒い通りで小刻みに足踏みしていた。

「ワトスン、われわれはどこに向かうんだ？　何か発見があったのか？」

まだ発見はゼロだ。けれど、そんなことを彼女に言いたくない。ホームズとオーガストに無視されたことを、ぼくはまだ根に持っていた。明日、本当にフィリッパとランチをともにするのか？

「発見はあったよ。母親が毒を盛られたというのに、その事実を放置しておくのか？」

そう言うなり、ぼくはマリー＝エレーヌと仲間たちを小走りで追いかけた。

今夜は早いうちから空気が冷えてきている。それを温めるという理屈をつけて、ぼくはマリー＝エレーヌとまた手をつないだ。ぼくはすぐ後ろにホームズがいて観察しているのを意識しているんだろうか？　もちろんそうだ。わざと彼女を嫉妬させようとしているんだろうか。まあ……ちがうとは言えないかな。

とはいえ、マリー＝エレーヌとその友だちを好きになるのは簡単だった。彼女たちは来週から始まるダミアン・ハーストの新しい展覧会のことをおしゃべりし、ぼくが知ったかぶりポーズを取るのにうんざりして、それがだれなのか知らないと白状すると、親切に教えてくれた。ハーストはホルムアルデヒドの中にウシを漬けたらしい。それがアートなの、ときいたら彼女たちは、そうだ、と答えた。知識が通貨としてやり取りされる世界では、ぼくはいつも破産状態にある。それでもばかにされないのはいいものだ。

「ぼくたちが向かってるのはどこ？」

「友だちの何人かが大金持ちの美術商から部屋を借りてるの。あそこがその家」

バックパックに絵の具が飛び散っている子があごで示した先を見ると、通りの角に高いレンガ造りの建物があった。

「あの家に部屋を借りるただひとつの難点は、家主の彼が街にいるときは週末ごとに家をパーティ会場として使うってこと。行けば理由がわかるわ。すごくクールな場所よ。わたしたちはいつも行ってるの」

言葉とは裏腹に彼女の口調が暗かったので、ぼくはきいた。

「でも……？」

「でも、彼は気味が悪いの」

彼女は肩をすくめた。

「五十歳ぐらいなんだけど、新しいガールフレンドはいつもジーベンの新入生の子。大勢の女の子が彼とデートしてる。まるで期間限定の悪魔との取引みたい。彼女たちはいろんな人に引き合わされて、高級品を買ってもらって、年を食った彼と寝る。彼に捨てられるまでは、いろいろといい目を見られるってわけ。でも、あなたは心配ないわ。彼、男の子は好きじゃないから」

ぞっとして鳥肌が立った。

「きみはグレッチェンだったよね？」

ぼくは彼女が本物のグレッチェンを指さしてくれるのを期待して言った。

「グレッチェン？」

彼女は首を横に振った。

「ハンナよ。マリー＝エレーヌはわたしたちを〝メッチェン〟……女友だちって呼んでる。あなたはそのことを言ってるんじゃない？」

ぼくは今や、バーではひと言も聞いていない事情によって開かれているいかがわしいパーティに突入しようとしているらしい。

マリー＝エレーヌに引っぱられ、レンガの建物の入口ドアに続く段を上った。

「わたしたちの目的地がお待ちかねよ」

そう言ってぼくたちを中に導き入れた。

メインフロアは意外にも暗くて静まり返っていた。でも、それはぼくたちの〝目的地〟

じゃなかった。ハンナが照明もつけずに右手方向に手探りしていって戸口を見つけた。彼女がささやく。

「この階段を下りるの。明かりが必要なら携帯電話をオンにして」

階段を下った先にドアがあった。ドアの向こう側は広々とした洞窟だった。

マリー＝エレーヌたちは部屋の隅にあるバーカウンターに直行した。取り残されたぼくは、片手で頭のハットを押さえ、状況を理解しようと立ちつくしていた。

洞窟はちっとも自然な感じがなかった。壁一面にタイルが埋めこまれ、天井は完璧なアーチ型で、人工物だとひと目でわかる。空気中には湿り気のあるつんとしたにおい。塩素にちがいない。人混みをかき分けていくと、においの源が見えた。部屋の中央に巨大なプールがあるのだ。空気でふくらませたスワンに女の子が乗り、マティーニグラスを頭上にかかげながら両足で水を蹴っている。ふたり組の男の子が水につけた足をぶらぶらさせていちゃついている。室内を照らすのは破片みたいに映る薄暗い明かりで、人びとの顔や壁に小さな斑点を浮き上がらせていた。

ぼくはホームズの反応を見ようと無意識に振り返った。こういう〝ウサギ穴に落ちた〟状態になったとき、ぼくはいつもそうする。ようやく見つけた彼女はまだ階段の暗がりに立っていて、変装のアレンジがもうすぐ完了するところだった。ウェストポーチはすでにどこかで捨て去り、片手でカーディガンのボタンを手早くはずしながら、別の手で唇にグロスか何かを塗っている。わずかな修正は正味一分間もかからなかった。パーティ会場に足を踏み入れてきたとき、ホームズは小さな黒いドレスとお高くとまった表情をまとっていた。ここの照明の下では、マウスブラウン色の髪が柔らかくていい感じに見える。彼女は確かにオールド・メトロポリタンにいた女の子なのに、それでいてまったく別人みたいだった。

ホームズはヒールを少しよろめかせながら、ぼくとオーガストのあいだに歩いてきた。

「お待たせ」

その合図でぼくたちは両側から彼女のひじを取り、パーティの中へとエスコートした。

ぼくは彼女の耳に顔を寄せてささやいた。

「ここらでおたがいのタネを明かそうか？　きみがどうやってオールド・メトロポリタンのことを知ったか、ぼくにはわかってる。サセックスでたまたま耳にしたんだろ？　魔法なんかじゃない」

彼女はこっちをちらっと見た。

「すべて魔法だ、サイモン。きみがわたしのことを書いた作品を信用するならばね」

オーガストが口をはさんできた。

「彼はきみの伝記作家なのか？　ワトスン博士みたいに？　わお、なんてほほ笑ま……」

「ほほ笑ましくなんかないよ」

　ぼくはふたりをプールまで引っぱっていって止まった。ホームズが目をすがめて部屋を見回す。水からの光が彼女の頬にそばかすを生じさせ、ぼくはそれを手で散らすことができるかどうか彼女の顔に触れてみたい衝動にかられた。

「もちろんそれが魔法でないことはわかってる。ぼくが証明しよう。きみが次にどうするか当ててみようか？」

　彼女はほんのかすかな笑みを浮かべた。

「続けて」

　ぼくはパーティの様子をさっと見渡した。ハンナの言っていたとおりだ。あちこちでだれかが目新しいことをしているけれど、確かに二種類の人間がいる。大学生の年ごろの女の子たち、そして金のにおいをぷんぷんさせた男たち。女の子たちはたいてい小ぶりなドレスを身につけていたけど、男たちの服装はまちまちだった。スーツだったり、アーティスト風だったり、黒くてしわくちゃのや、きちんとプレスされているのも。ダンサーの体型や、物書きの不安げな目つきの持ち主もいた。

　ぼくたちの横では、女の子が自分の作品と思われるものをｉＰｈｏｎｅで次々にスライド表示させていた。

「ほら、こんな感じです。あなたのオープニングを飾るのに候補の資格十分ですよ」

ホームズがそちらに頭を傾けて耳をそばだてた。

集中しろ。ぼくは自分に言い聞かせ、もう一度部屋を見回した。笑いものになるつもりはない。ホームズの向こう側にいる〝金髪のガストン〟の前では特に。

ぼくは満を持して口を開いた。

「あっちの隅に男がいる。丸眼鏡にスカーフの男。レアンダーが接触していた教授の候補ナンバーワンだ。なんて名前だっけ？　ナタニエル？」

ホームズは低くハミングしていた。ぼくのほうには目もくれず、背後の会話に注意を向けたまま言った。

「その根拠を説明してみろ」

ぼくが正しいことが急に重要に思えてきた。推理が正しければ、彼女を振り向かせ、ぼくのほうにちゃんと目を向けさせられる。それはぼくに必要なことだ。ぼくは問題の男に目をこらした。大きな手ぶりとともに話をしている。

「彼のボディランゲージ。ここにいるほかのだれよりもリラックスして見える。相手に対して有利に立とうともしてないし、ベッドに引きずりこもうともしてない。友人と情報交換をしているかのようだ。それに彼のまわりの人たちもくつろいでる。隣にいるやつを見ろ。十八歳ぐらいか……なのに、しゃべりながらナタニエルの腕をたたいた。今になって自分の大胆さにびっくりしてる。まわりは大笑いだ。だれもがおたがいに親しみを感じてる。ナタニエルは権威があるけど、みんなから好かれてる」

ホームズは野に放たれた猟犬のように静かな興奮とともにスーツ姿の男をじっと見つめている。ただ問題は、それがぼくの指摘したのとちがう男であることだ。

もう一度彼女の注意を引こうと、ぼくは必死で続けた。

「しかも彼はハンサムだ。それに、人びとは土曜ごとにオールド・メトロポリタンで顔を合わせてから、ここまで歩いてくる。きみは、叔父さんがここにいるだれかとかかわってると言っただろ？　レアンダーは赤毛の男が好みなのか？」

叔父のセックスライフに話がおよんだせいか、ホームズは顔をしかめて言った。

「わかった、わかった。それは重要ではない。どのみちわれわれはあの男に接近できる立場にないのだから。ひとりも美術商には見えないし、きみは将来有望な美術学校生を演じるには少しぴったりすぎる。まるでキャスティング業者から派遣されたみたいだ。まさかツーブロックの髪型とはな、ワトスン」

オーガストがひとりで笑みを浮かべた。

ぼくはきっぱりと言い返した。

「マリー＝エレーヌは信じたよ」

「それは彼女がきみのことをハンサムだと思っているからだ」

「きみは思ってないの？」

いつの間にかナタニエルがこちらを見ていた。ぼくもじっと見返した。ホームズがくるっとぼくのほうを向き、ぼくの襟を直し始めた。その手は温かかった。

「きみは少し滑稽に見える。いつものきみのほうがずっと好きだ」

ふわっと何かの香りが感じられた。覚えのある甘ったるい香り。フォーエバー・エバー・コットン・キャンディだ。何年か前にオーガストが彼女に贈ったという日本の香水。

オーガストが手を伸ばしてきて、ぼくの肩を軽くたたいた。

「実にキマって見えるよ、サイモン。それに今の推理もみごとなものだった」

まるで褒めかたマニュアルで学んだみたいな口調だ。

「とにかく」

言いながらホームズがぼくから一歩さがった。

「彼の件はあとで片づけるとしよう。まずは大物《ビッグフィッシュ》からだ」

「どの大きな魚《ビッグフィッシュ》？」

そのとき、オーガストの顔に引きつったような奇妙な表情があらわれた気がしたものの、ぼくが確かめようとしたときにはもう消え失せていた。

「シャーロット、わたしたちふたりは玉撞《プール》きで遊んでくるよ」

ぼくは驚いてオーガストに聞き返した。

「きみとふたりでプール遊び？　まさか水の中に入るわけじゃないよね。なんでまたプールの中で遊ぶんだよ」

「そんなら、行けば？」

ホームズはそう言い、きれいな指に髪の毛をくるくるとからませた。すでに役柄に入っている。

「どうせ、あたしひとりのほうが仕事が早いと思うし」

ホームズなのにホームズじゃない。ポルノ女優みたいな声で業務連絡。

「確かにそうだろうね、タビサ」

オーガストはちょっと不快そうな口調で言うと、ぼくをその場から連れ出した。カウンターバーの前を通りすぎ、円形に並べられた椅子の横を歩き、さらにスーツの男の一団をかすめていく。スーツの男たちは煙草を吸いながら携帯電話をチェック中で、そこにはスカート姿の女の子がひとりついて飲みものをサービスしていた。あの子もこの家に住んでいる美術学校生のひとりだろうか。これも契約の一部なのか……ぼくは胸がむかついてきた。

パーティ会場の一角にビリヤード台があった。ホームズの屋敷で見た重厚で古めかしいものとはちがい、アクリル樹脂で作られていた。台の脚が透けて向こう側の壁まで見える。上面に張られたフェルトだけが乳白色だった。

「なんだか無意味に複雑な気がする」

ぼくが言うとオーガストがいぶかしんだ。

「何が？」

「このパーティ。この状況。このビリヤード台も」

ぼくは台の脚をつま先で蹴った。

「こんなものを作ったのは、どこの暇人なんだろう」

てきぱきとラックに玉を入れながら、オーガストがきいてきた。

「玉撞きは得意か？」

英国の高校に通っていたころ、学校のそばにあるパブで何度かやったことがあるけれど、単に経験があるというだけだ。プレー時間の大半を、憧れだったローズ・ミルトンを眺めることに費やしていたのだから。ぼくは「どうかな」とだけ答えた。

「まあ、玉撞きは基本的に幾何学と、手と目の連携にすぎない」

彼はキューを一本放ってよこすと、ブレイクショットのかまえに入った。

「そういうもくろみか。つまり、ぼくを部屋の隅に連れてきて、ルールにのっとって痛めつけ、そのあとで、マイロの軍事ハウスできみとホームズがぼくをのけ者にした理由を説明するってわけだな」

大きな衝突音を響かせ、彼は台上の玉を散らした。二個のソリッド（一番から七番までの玉）が奥の右ポケットに落ちた。

上体を起こしたオーガストがいきなり言った。

「教えてくれ。被害者ぶるのにうんざりすることはないか？」

その質問はそれまでの彼の言動とはかけ離れたものだった。

「なんだって？」

「ジェイミー、会ってまだ一日もたっていないのに、わたしが何か言うたびにきみは縮み上がっているじゃないか」

「ぼくはそんな……」

「わたしが一度でもいやな態度を取ったか？　いったい何が問題なんだ？」

「きみはたぶん……根っから無邪気なのか、ネコをかぶってるか、どっちかだな。ぼくに話すときの様子が変だから。彼女を見てたあの目つきだって……」

そこでぼくは、深呼吸をしろ、と自分に言い聞かせた。もしも彼を床にたたきのめしたりしたら、ホームズに殺されてしまう。視線をビリヤード台に向ける。

「ぼくがストライプ（九番から十五番までの玉）だね」

「そうだな。だが、まだわたしの番だ」

彼は台に目を向けたまま言った。ソリッドの玉が信じられないほどきれいに四隅に散っている。きっと数学的に解を導き出したにちがいない。

「ジェイミー、きみはそんなにも自分に自信がないのか？　それとも何か別の理由があるのか？」

「そっちこそ彼女にとって自分がどんな存在かわかってるのか？　ぼくはわかってるぞ」

「いいや。見たところ、きみはわかっていないな。それに、わたしはシャーロットのことなどひと言もきいていないぞ」

ぼくは彼をにらみつけた。醜悪なタトゥー。気取ったアクセント。二十三歳のはったりの自信。

「だったら、ぼくにわからせてくれよ、天才さん」

「きみにはその必要があるかもしれないな」

言うなり彼は優雅なキューさばきで玉をもうひとつポケットにたたきこんだ。

「そして、わたしは声に出して言う必要があるだろう。わたしは子どもをもてあそんだことなどない、と」

次のショット。またひとつ落ちた。

「あるいはこう言おう。彼女にドラッグなど与えていない。さらに、彼女の人生を台なしにしてアメリカの全寮制学校を破壊することを兄に頼んでもいない」

「もう少しでぼくを殺しかけたことも？　ルシアンにそれを頼んでないなら、急にぼくに腹を立ててる理由はなんだ？」

「腹など立てていない」

「立ててるよ」

オーガストが両手で握っているキューの動きが止まった。

「わたしは家族から逃れるために自分の死を偽装した。服役を逃れるためでもあったが、主な理由は家族だった。両親はそうすることに同意した。兄と姉はわたしが死んだものと思っている。わたしは敵じゃない。悪人じゃないんだ。それだけは理解してもらえていると思ってたんだがな」

彼の顔は冷ややかで無表情だった。まるで布で感情を拭き取ったみたいに。だけど、その言葉は本心からのものに思えた。

「それは……まあ、〝敵〟はちょっと言いすぎだけど」

「ジェイミー」

「きみのショットだよ」

彼は次のひと撞きでわざと手玉をポケットに落とした。

ぼくはかがんでそれを拾い上げた。

「きみはぼくに何もしてないんだから、申し訳なく思う必要はない。手加減で勝たせてくれなくたっていいよ」

「ちがう。きみにもプレーの機会が必要だと思うからだ」

「それって、前から練習してたセリフみたいに聞こえるな」

彼は顔をしかめた。

「わたしはきみにやさしく接しようと努力してるんだ」

「努力なんかやめなよ。きみはやさしくないんだから。仮にやさしいとしても、あらわすのがへたくそだ」

ぼくはそこでひと呼吸おいた。

「ぼくだって大してやさしくない。ホームズはまちがいなくやさしくない」

その言葉はやっと彼の笑みを引き出した。本物の笑みだ。たとえ悲しげだとしても。

「わたしは本来、やさしい人間なんだよ、ジェイミー。ただ……しばらくだれとも話をしていなかったものだから」

それからぼくたちは交互に玉を撞いた。オーガストはそれまでとちがい、リラックスした様子でプレーし始めた。ぼくが自分の青玉を横のポケットに入れるやりかたに悩んでいたら、彼は角度を指摘し、ショットを手ほどきしてくれた。

彼がもうひとつ玉を沈めたとき、ぼくはきいた。

「きみは彼女に恋してる？」

オーガストの顔がまた無表情になった。あれが彼の内面を示す仕草か？　動揺したとき、あんな顔をするのだろうか。

「きみのほうこそ、どうなんだ？」

「そう単純なものじゃないんだよ」

彼の反応をうかがったけれど、表情は変わらなかった。ぼくはさらに質問した。

「もし恋してるんじゃないなら、ぼくたちが着いたとき、なんで彼女をあんな目つきで見つめたんだ？」

オーガストはため息をついた。

「わたしのベルリン暮らしはもう二年になる。仕事はデータ入力だ。マイロから一覧表の束を渡され……たいていは、どこの空軍基地に金属ガスケットが何個あるか、といった数字だ……それをコンピュータに打ちこんでいく。その一覧表自体がそもそもコンピュータから打ち出されたもので、つまり、わたしの作業はまったく無意味なんだ。単なる見せかけ仕事だよ。わたしにはグレーストーン社のためにできることがある。なのに……」

「モリアーティ家の人間だから?」

ウェイトレスがトレーを持ってやってきた。ぼくはグラスをひとつ取ってオーガストに差し出した。

わずかに笑みを浮かべ、彼はグラスを受け取った。

「兄がだれであるか、叔父や叔母がどんな人間か……そうしたことを理由に、わたしは機密情報を扱わせてもらえない。おもしろそうな仕事は何ひとつやらせてもらえないんだ」

「マイロはそんなにきみを嫌ってるの?」

「マイロはスパイ企業の総帥だよ。だれも嫌っていないし、だれも好きではない。それでも、妹のことは愛している。彼女はわたしに行き場所があるようにと望み、それをマイロがかなえた。わたしは死んだ人間なんだ。外部の人間はわたしが生きていることを知る由もない。世界中のだれもわたしを認識できない。わたしの選択肢はかぎられていた。だから、それを選んだ」

彼はむきになったようにワインを飲み干した。

「理由を知りたいか？」

ぼくは「うん」と答えた。なぜならその理由についてずっと疑問に思っていたから。

「この仕事を選んだのは、モリアーティ家とホームズ家のあいだに続く無意味な戦争に休戦をもたらしたかったからだよ。もしわたしとマイロが親しくなれば、もし両親に和解を受諾させることができたら、もしわたしが事態を丸くおさめられたら……しかし、わたしは今より若く、今より愚かだった。両親はもう二度と口をきいてくれないだろう」

ぼくは思わず口笛を吹いた。オーガストが皮肉っぽく小さく礼をした。

「その結果として、わたしはここにいる。友はいない。犯罪者かその予備軍でない家族もいない。わたしに残されたのは、自分自身と、南極におけるフラクタルをテーマにした未完成の数学論文だけ。死んだ人間は博士課程を修了できないし、死者を乗せて南極に向かう船など容易に見つからないからね。わたしはマイロのちっぽけな宮殿内のちっぽけな部屋で暮らしている。建物から出ていくことはできない、なぜなら……」

そこで彼は腹立たしげにかぶりを振った。

「そう、シャーロットが建物に入ってきたとき、わたしは……なんというか……自分の過去がまったく消し去られていないように感じたんだ。いいことも悪いことも、何もかもが外の世界のどこかにまだ存在しているんじゃないかと。そこではわたしもいまだに存在しているんじゃないかとね。彼女と顔を合わせるまでまるで気がつかなかったんだ、自分がどれほど孤独でいたかということに」

「考えすぎじゃないかな」

「彼女とは友人だ。彼女に好意を持つことはわたしにとって自己破壊的かもしれない。それでも、彼女のことは好きだ」

オーガストは肩をすくめ、続けた。

「あのとき起きたことで、わたしは彼女を責めないよう努めている。彼女の両親は……いや、なんでもない。彼女を箱に入れておくことはできないんだよ、ジェイミー。それと同様に、彼女にきみを箱に入れさせようとしても無理だ。信じられないだろうが、彼女とわたしはとても仲がよかったんだ。そして、わたしたちの関係が彼女の望むような方向に進展しなかったとき、彼女は手榴弾を投げつけ、走って逃げた」

「オーガスト……」

「彼女とわたしは同じ手法で訓練を受けてきた。だから、同じように思考する。直面した問題に対し、同じ自己破壊的な解決法を取った……」

「それで、今はふたりが気さくな友だち関係だっていうの？　そうは思えないね。きみはぼくに信じさせたいだけじゃないか。自分が、人生を台なしにした張本人の女の子とも平気で親しくできる人間だって」

自分が思っていたよりも辛辣な言葉になっていた。

オーガストは何度かまばたきした。まるで涙をこらえるように。そこには、ぼくが見たかった本物の感情があった。それは激しいものだった。

「ほかにどうしろって言うんだ？　わたしは死人なんだぞ」

ようやく彼がそう言った。

彼をじっと見つめた。その服装や気取りや山ほどの自己憐憫にもかかわらず、彼を嫌いにはなれなかった。敵方に育てられたもう一方のシャーロット・ホームズという連想が働いたからかもしれないと、あとになって思った。

ぼくはきっかけを逃さずきいた。

「きみは被害者ぶるのにうんざりすることはない？」

「ないね。実を言えば、かなり楽しいよ」

オーガストは言うなり残っていた玉をすべて次から次へとポケットに沈めた。

「くそったれ」

「参考までに言っておくと、その手の質問には今みたいに答えるのがただひとつの賢明な方法なんだよ」

「玉を並べろ、今度は負けないぞ」

ぼくは言った。少なくともその夜、オーガストとぼくは友人だった。


それから二ゲームを終え、ぼくがちょうどあくびをしているところへ、マリー＝エレーヌがやってきた。

「負けてるの？」

彼女は何気ない仕草で腕をからめてきた。オーガストが連続で五回撞いたところでぼくは言った。

「最後にはぼくが勝つよ」

自分でもそう信じているのか、はなはだ疑問だった。でも、サイモンは勝利を確信していた。サイモンは彼女の柔らかい感じも好きで、しばらくしてから、ぼくは自分が彼女の髪の先をもてあそんでいるのに気づいてびっくりした。

正直言って、心地よい感触だった。単純なことだ。いい関係というのはややこしく入り組んでいるべきだなんて、ぼくはいつから考えるようになったのだろう。

ぼくの理解では、友情というのは、ただふたりがいっしょにいることによって紡ぎ出される物語みたいなものがそこに存在するべきだ。自分が世界に求めるものと、代わりに手にするものからできている何か。自分が理解されていると感じたいときに、相手に思い出させる物語。ぼくの物語はこうだ。

あの日、学校の中庭できみと出会った。ぼくはずっと、きみの髪はブロンドだろうと想像してた。きみとぼくは双子だといつも思ってた。ぼくの片割れだと。それで、きみと会い、だれかが寮でまぬけ野郎を殺し、きみはぼくにとってちがう何かになった……。

今年のぼくは、彼女との友情のほかにはなんの成果も上げていないように思える。ぼくはまるで、もつれた電線が一本残らずシャーロット・ホームズにつながっている回路基板みたいだ。

しかも、それは単なる友情ではない。彼女に出会ってから、女の子たちに目が行かなくなった。それまでのぼくはいつも女の子ばかり見ていたのに。見るだけじゃなく、ぼくの部屋でレディオヘッドを大音量でかけながら、彼女たちといちゃつきもした。おやすみのメールもした。関係が続いているあいだ、ぼくはいいボーイフレンドだった――どれも長続きしなかったけど。それでも彼女たちは、ホームズとはちがってけっして友だちとは言えない。ぼくが今感じているものは、以前の自分への一種の退行なのだろうか。ハイクーム高校スプリングパーティのチケットをポケットに二枚忍ばせた、十五歳のジェームズ・ワトスン・ジュニアに戻ってしまったのか。今のぼくはもっと成長している。望みのない恋をいくつも乗り越え、友情と恋を切り離す能力のない自分を克服してきたんだ。してないかな。

ぼくがホームズに求めているものは……彼女のすべて。ぼくはずっとそう思ってきた。ふたりの今の関係は、不思議の国のウサギ穴を落ちていくようなもので、いつまでたっても底に着かない。ぼくが望むのは、他人がいっさい近づけないくらいふたりが完全におたがいのものであるような関係だ。そんなふうに感じるのは、彼女が風変わりでひとりでいることを好むのに、どういうわけかぼくを招き入れてくれたからかもしれない。世界中のほかのだれでもなく、このぼくを。それは、出会って早々ふたりして隠れ家に身をひそめることになったためかもしれない。彼女にガールフレンドになってほしいのは、たぶん、ぼくがほかのだれかを求めていると自分で気づいたときに、何が起きるかわからないからかも。ぼくはふたりのファイルにスタンプを押してほしいのだ。〝すべての欄にチェックマーク入り。ほかの者は不要〟と。彼女はぼくに触れられることを望んでいないけど、いつもぼくのそばにいたいと思ってくれている。〝回路は閉じて通電中。立入禁止のこと〟。

ああ、くそ。心の中でそう叫んだのは、またオーガストが勝ったせいばかりじゃない。

「残念ね」

マリー＝エレーヌがぼくの胸にもたれてきた。

「ゲームをもう続ける気がないなら、紹介したい人がいるの。わたしのデッサンの教授が来てるのよ。あなたみたいにビデオアートはやってないけれど、来年ジーベンに入学することについて話が聞けるんじゃないかしら」

まずい、教授が相手ではは〔っ〕たりが通じない。

オーガストは黙ったまま次のゲームのためにラックに玉を並べている。

そのときマリー＝エレーヌが手を振って合図した相手は、ぼくがナタニエルだと推理した人物だった。ぼくはオーガストに言った。

「すぐ戻ってくるよ」

「オーケー、サイモン」

彼の返事をききながら、今夜は容易なことが何ひとつないと思い知らされていた。

そうこうするうちにぼくは、パーティ会場から五ブロック離れたインダストリアル・ロフトでデッサン用の木炭セットを見つめていた。

「フォルムについて考えろ。スタイルについて考えるんだ」

ナタニエルが熱弁をふるっている。ぼくは小声でマリー＝エレーヌに言った。

「ぼくは今、彼を殺そうかと考えてる」

彼女はぞっとしたような顔をした。ホームズだったら、くすくす笑っただろう。だけど、ここにホームズはいない。

魂からあふれ出るものによって創作しろとか、自分の作品世界をひりひりと感じるんだとか、ナタニエルのむだ話を延々と一時間も聞かされたぼくは、表出された感情が嫌いだと公言するホームズに少し共感していた。自分の抱いている感情を話すことと、感情について観念的に話すことは、まったく別ものだ。アーティストや作家になるのがこういうことならば、ぼくにはたぶんその資格がない。その資格にあごひげを生やすことが含まれているなら、なおさらだ。ナタニエルのひげはコケみたいに伸び放題だった。

もしもこの男がレアンダーのキスの相手だとしたら、かなりの苦行だと思う。

ところが、マリー＝エレーヌやほかの信奉者たちは教授の一言一句を聞きもらすまいと集中していた。その理由はわからないではない。彼が学生たちの意見に熱心に耳を傾け、教え子たちの生活についていろいろと知っているからだ。ぼくと会って一分もたたないうちに彼は、〝新しい彼氏〟のことでマリー＝エレーヌをからかった。ふと創作文芸のホイートトリー先生のことを思い出した。この秋、先生がぼくの作品に関心があると知ったとき、どれほど気分がよかったことか（たとえ先生が、失敗に終わった極悪なたくらみのために関心を装っていたとしても）。

ナタニエルはおしゃべりで押し出しが強いかもしれないけれど、根はいい人みたいだ。この場では自分が悪役みたいに思えてきて、ぼくはちょっと気分が悪かった。ただし、彼が本当の悪役でなければ、だけど。

パーティ会場で紹介されたとき、ナタニエルはぼくに、「来年、ぜひジーベンに来なさい。きみは感じがよくて頭のいい子だ。わたしにはわかるよ。この不良学生の諸君から、いつものように深夜のドロー&ドリンクに参加するよう約束させられた。よかったらきみもいっしょに来ないか。きみの才能を見せてほしい。入学審査委員会にわたしから推薦できるかもしれない」と言った。

そんなわけで、みんなで数ブロックの距離を歩いてインダストリアル・ロフト（ナタニエルの所有物件だと思うけど、よくわからない）まで移動し、ぼくは今、手に木炭を持っている。昔、煙草を吸ってみようとしたときの手つきで。ちなみに言っておくと、木炭も煙草も本来はこんな持ちかたじゃない。

「これは、きみたちが木炭って呼ぶやつかな？」

ぼくはマリー＝エレーヌにきいた。まわりの学生たちはたがいの絵のできばえを見るために、ビール片手にふらふら歩き回っている。ナタニエルは奥のほうで腰をすえ、ひとりの子の絵を熱心に見ていた。どうやったら彼に再接近できるだろう。いい考えが思いつかないうちに、コートを着始める学生もあらわれ、夜が終わろうとしていた。

マリー＝エレーヌがぼくのスケッチブックを見て眉をひそめた。

「ねえ、サイモン、もう一時間たったわ。ほかのみんなは静物を描いたのに……」

最後まで言わなくても、彼女の思いはわかる。ぼくの開いたページはまるで水疱瘡が発症したみたいに見える。

「実験作品さ」

ぼくはあごを上げながら答えた。

「すごく……ピカソ的にやってみた。指導教師からは、きみの作品は彼の青の時代を彷彿させるってよく言われてたんだ」

マリー＝エレーヌは顔をしかめた。彼女を責めることはできない。実際、サイモンは本当に鼻持ちならないやつだから。

ぼくはテーブルの下でこっそりホームズにメールを打った。

〈SOS、きみは絵が描ける？　正体がばれそうだ。今忙しい？　来られる？〉

返事は瞬時に来た。

〈忙しくはない。みじめな失敗を喫したところだ。競売人を口説いてしゃべらせることに成功したが、盗難絵画の売買についてはきっぱり否定された〉

彼女の言う口説きがどんなものか、ぼくは知りたくなかった。

〈絵は描けないが、ごまかすのはきみよりうまくできる。住所を頼む〉

十分後、ホームズが姿をあらわし、ぼくの後ろから肩ごしに身を乗り出すと、みんなに聞こえるように言った。

「サイモン、あんた、今でも人前で絵を描くのが恥ずかしいの？　ほんとにこの子ったら、ものすごい自意識過剰なの。まさか、〝実験作品〟を作るとかなんとか言ってないでしょうね」

彼女はマリー＝エレーヌに向き、大げさなほどゆっくりと首を振ってみせた。

「男って、ほんとすぐ自爆するんだから。ねえ、ワインのありかを教えてくれない？　ひどい夜だったのよ」

ナタニエルはその会話を聞いていたらしく、ホームズがマリー＝エレーヌをともなってどこかに行くと、心配げな顔でぼくに近づいてきた。

「サイモン、今のは本当かね？　気にすることはない。自分よりも経験豊かなアーティストたちの前で描くことが大いなるプレッシャーであるのは、わたしも承知している。そのことについて話をしたいかい?」

「ええ、すごく」

ぼくの潜入任務のしくじりをたった三十秒で立て直したホームズが憎たらしかった。

ナタニエルは部屋の一角にあるキッチンにぼくを連れていった。レンガ壁とコンクリート床からなるロフトは音が反響するほど広々とした空間なのに、キッチンにはシンクと電子レンジしかなかった。

「紅茶でいいかな? きみは飲酒していなかったようだね」

「あまり好きじゃないんです」

ぼくはサイモンとして答えた。

「ちょっと緊張気味だったんです。ぼくはビールを飲んでもリラックスしないので」

「変わっているね。ふつうはその逆だが」

ナタニエルは戸棚からマグカップを取り出して水を注いだ。

「きみは素直な子だ」

「ぼくのどこがですか?」

そう言いながら笑ったとき、少しイカれているような声が出た。

「いや、素直だよ。しかし、少し悲しげだ。何か心配ごとでもあるのかな?」

ぼくは肩をすくめた。

「ただちょっと得意分野じゃなかったんで」

「わたしは喜んできみをみんなに紹介するよ」

「どうも。でも、それはあまり急がなくていいかなと思います」

「今夜は気乗りしないか？　もちろん無理強いはしないとも。ところで、学校のことはどうやって知ったのかね？　うちの学校は市外ではそれほど名が通っているとは思えないんだが」

ぼくは単刀直入にいくことに決めた。

「叔父が市内に住んでるんです。家がこの近くで、ぼくはそこに滞在してます。叔父は今夜は出てこられなかったんですけど、オールド・メトロポリタンは土曜の夜の行きつけだから、ちょっと見てこいって。ひょっとして叔父を知ってます？　背が高くて、黒髪をポマードでなでつけてて……」

ナタニエルがマグカップを取り落とし、大きな音とともに割れた。

「なんと……すまない、手が震えてしまって。もう遅いから疲れているようだ。信じられないよ……きみはデイビッドの甥なのか？　彼は身内のことをちっとも話さないから」

釣り針、糸、おもり。もうしくじらない。デイビッドはきっとレアンダーの偽名だ。

「叔父を知ってるんですか?」

ナタニエルは床に散らばった陶器のかけらを足でかき集めながら、ぼくの視線を避けるように答えた。

「そのようだな。今夜、彼は家にいるのかね? てっきり……いや、なんでもない」

「ええ、家にいます。ご存じでしょう? 叔父は料理を山ほど作って、クロスワードパズルに熱くなって」

「いかにも彼らしいな」

その答えにほっとした。ぼくは〝デイビッド〟が土曜の夜に何をするか知らないし、彼にとってナタニエルがどういう相手かも知らないのだ。わかっているのは名前と、レアンダーの接触者のひとりであることだけ。それも定かじゃない。ナタニエルには嫌疑がかかっているのだろうか? すでに絵を盗んだのか? 贋作団を組織しているのか? 麻薬カルテルに一枚嚙んでいるのか? それともレアンダーに手を貸しているのか? 〝デイビッド〟のことを聞いてあんなに驚いたのは、彼がどこかで拘束されているのを——あるいは考えたくもないけど、もう死んでいるのを——知っているからだろうか?

ぼくはいったい何をしてるんだ? ホームズはどこへいった?

「そろそろ帰らないと」

ぼくは無理やりあくびをしながら言った。すぐに父と連絡を取らないといけない。電子メールの詳細を教えてもらわないと。

「遅くなりすぎると叔父が心配するので。あなたに会ったと話したら、きっと喜ぶと思います」

「ああ、もちろん、そうだな」

彼がじっと目をこらしてくる。急に自分がスライドガラスにのった昆虫になったような気分だった。

「帰宅したら彼に伝えてくれまいか。明日の晩、イーストサイド・ギャラリーで会いたいと。いつもの角で、いつもの時刻に」

そこに怪しんでいるふうはなかった。

「ええ、伝えます」

「サイモン、だったね」

彼の目つきが鋭くなってきた。

「そうです。それじゃまた！」

サイモンの姓をきかれる前に、ぼくはドアから飛び出した。

ホームズが外で待っていた。彼女の両腕に鳥肌が立っていたので、ぼくは自分のジャケットを差し出した。彼女はしぶしぶといった顔で受け取った。

「これがわれわれの新たな現状なのか？　わたしがきみのガールフレンドのお守りを押しつけられているあいだ、きみがわたしの捜査を台なしにするのが」

「わたしたちの捜査だよ。きみのほうこそ、ぼくにボーイフレンドを押しつけてビリヤードをさせて、そのあいだにどこかの競売人の気を引いてただろ」

「わたしのことを着飾ったマタ・ハリか何かだと想像するのはやめてくれないか。わたしの諜報活動はもっと繊細で巧妙なものだ」

「本当に？」

「本当に」

「だったら、その競売人にどうやって接近したの？」

「彼の気持ちに訴えた」

「ホームズ」

彼女は一拍おいてから答えた。

「彼のシーズーを殺してやると脅してもよかったんだが……」

「わかった。もういい、聞きたくない」

ぼくたちはたがいに見つめ合った。すぐに彼女が笑いだした。

「ワトスン、レアンダーがこのベルリンで何をしていたか、正確に突き止めたか？」

「ううん、正確にはまだ」

「わたしもだ。グレーストーン社に戻って調べるべきだろうな」

第六章

〈彼はもう見つかったか?〉

翌朝の五時、父からのメールで起こされた。

〈起きたら電話してくれ。結果を知りたい〉

ぼくは罪悪感を薄めるため、電話の画面が見えないように裏返した。

この秋、ぼくたちは何もかも自力でやり抜いた。家族に助けを求めるのはホームズのプライドが許さないからだ。今回はそうもいかないぞ、と内心でつぶやきながら、ぼくはホームズのロフトベッドから下りた。ゆうべ部屋に戻ったとき、ホームズは簡易ベッドにばったり倒れこんでそのまま寝入ってしまった。彼女の肉体がめったにない充電の機会を欲したようだった。

ぼくは断続的に眠り、目覚めた今は活動を始めたくてうずうずしている。あと十分したら、マイロを起こしに行こう。レアンダー問題に本職のパワーを投入してもらうのだ。マイロの助けがあれば、きっと今日のうちにホームズの叔父が見つかり、ぼくたちはごくふつうの活動に戻れる。美術館めぐりや、カレーの食べ歩きに。たぶん、クリスマスの買い物にも。ホームズには何を贈るべきかな。ピペットのセット？　アンコウとか、何か一風変わったものに関する本？　オーガストはもっといい品を贈るだろう。もっと独創的なものを。

だめだ、目の前の問題に集中したほうがいい。

通路に出てみると、まるでひと晩中そこに立って充電していたロボットみたいにマイロが待っていた。ぼくの顔を見るなり待ちきれないような口調で言った。

「ワトスン。いっしょに来い。朝食はわたしのキッチンにある」

あとについていくと、マイロの居住スペースはフロアの反対側にあるとわかった。ホームズとぼくは、彼の個人警護チームが待機する部屋のすぐ前に居場所をあてがわれているようだ。マイロは口に出しては言わなかったけれど、妹を自分のペントハウスに寝泊まりさせないのは彼女の保護のためで、けっして年代物のカーペットを汚されたくないからではないように思えた。

部屋に入って最初に目に飛びこんできたのは、彼女の姿だった。床から天井まで届く窓を背にして立ち、バイオリンを弾いていた。ぼくは戸口で足を止め、耳を傾けた。音色は幽玄な響きを持ち、ほとんど天の川のせせらぎのようだ。そこには痛みをともなう高音部があった。憂いのための音楽。静かな部屋に彼女の奏でる音だけが流れる中、マイロがばたばたとキッチンに行き、コーヒーグラインダーと格闘し始めた。たぶん朝一番で小さな街をひとつ破壊し終えたのだろう。そして今は、フレンチプレスでコーヒーを抽出する用意をしている。

マイロの部屋はかび臭いような生活感があり、二十世紀半ばの雰囲気で、少しむさくるしいロビーみたいだ。格子柄のソファにはオーガストがすわり、両手でマグカップを抱えながら目を閉じてホームズのバイオリンに聴き入っていた。驚いたことに彼の顔には、前の晩にぼくが目にしたよりもずっと多くの感情があらわれていた。

ぼくが隣にどさっと腰を下ろすと、オーガストが目を開けた。

「やあ、ジェイミー。ピータースンに会ったことはあるだろう？　彼がわれわれのためにレアンダーに関するブリーフィングを手配してくれている。シャーロットはコーヒーを待っているが、紅茶ならあるよ」

ぼくは「ありがとう」と答えた。

オーガストはクッションに背中をあずけて言った。

「これは大好きな曲だ」

ホームズの演奏が先ほどとは変わっていた。簡素で数学的な曲。その特徴からすると、たぶんバッハだと思う。彼女はぼくの靴下をはき、〝化学反応は愛し合う者たちのため〟のTシャツを着て、自分の家庭教師だった人物の好きな曲を弾いている。ふと、彼女は感傷的になっているのだろうか、と思った。

彼女が弓の手を止め、音符がまだ空中に漂っているうちに戸口に呼びかけた。

「ピータースン」

その声はまだ眠たげだった。

「会えてうれしいよ」

「お嬢さん」

ピータースンが部屋に転がしてきたのは一種のAV機器ワゴンで、十二台ものモニターがのり、ランプがちかちか光るプロセッサーにコードでつながっていた。

マイロがトレーを手にキッチンから戻ってきた。長年の練習のたまものと思われる慎重な手つきでコーヒーを注ぐ。ぼくは言った。

「そういうことは、だれかほかの者にやらせるんだと思ってた」

「きみは習慣《ルーティン》の重要性を軽視しているようだな。わたしの父はつねづね、ものごとを毎日同じやりかたでみずからやることが大事だ、と言っている。そうすることで精神が解放され、より重要な仕事に集中できるのだと」

つまり、ピータースンが朝のブリーフィングを準備するかたわらで、マイロはただひとりソファでコーヒーの儀式にいそしむわけだ。やれやれ。ぼくは天才たちの中に身を置いているけれど、こんなに悲しいほど孤独な天才たちは見たことがない。

ピータースンがモニターの電源を入れながらきいてきた。

「ジェイミー、その後、具合のほうは？」

「よくなったよ。ありがとう」

「今回、われわれの通常のブリーフィングよりも全般的な話の進めかたをする」

ピータースンが気さくな調子で説明した。

「美術品盗難事件と法執行機関について、必要な基本情報をきみたちに提供するようにと、ミスター・ホームズから指示されてるものでね」

ホームズがカーペットの上にぺたんとすわって口をはさんだ。

「最も適切な解決法は、ドイツ政府に問い合わせてレアンダーが何を計画していたのか情報提供してもらうことじゃないか？」

ピータースンが穏やかに答える。

「ミスター・ホームズはすでにそうした情報を収集ずみです。ですが、あなたがたにはこの問題に関するレクチャーが必要だと考えておられます」

ホームズはマイロがマグカップを口に持っていくのを待ってから、さっと手を伸ばしてひじをたたいた。コーヒーが彼の胸や腹に飛び散るのを見て、彼女は黒ネコみたいな笑みを浮かべた。たぶん昔から兄妹のあいだにあった習慣なのだろう。

「これが終わったら、しみ抜き剤と新しいシャツをお持ちします」

ピータースンが、早口で文句をまくし立てるマイロに言った。

「では、美術品犯罪に対する捜査が最近ではどのような状況にあるか、基礎知識をレクチャーしましょう」

ピータースンによると、美術界というのは規制がなく、ほとんど無法地帯だという。美術品売買を追跡する全世界的なデータベースが存在しないため、モラルのないディーラーたちが盗難品や贋作を信じられないほど容易に売ることができる。大きな行政組織でも美術品盗難犯罪の専任捜査官はせいぜい二、三人しか雇っておらず、ディーラーたちは逮捕を恐れることなく商売できてしまう。

事態をさらに複雑にしているのが、第二次世界大戦中にドイツを逃れた芸術家やコレクター（その多くがユダヤ人）からナチスが奪った膨大な数の美術品だ。もちろん全員が逃げきれたわけじゃない。ドイツのユダヤ人たちは強制収容所に送られ、家まで略奪された。ドイツ政府は美術品を追跡し、所有者の家族への返還に努めているけれど、多くの作品が行方不明になったままだ。美術界とはこうした世界なので、消えたはずの作品が魔法のように出現することがよくあり、鑑定士の努力にもかかわらず、それが贋作だとだれも気がつかない場合も多い。

「基本的に、こうしたことは違法です」

ピータースンがぼくたちに説明した。

「しかし、たいていの法的機関はより緊急の問題を抱えています。そこで、贋作作家や偽造団を追跡し、ユダヤ人亡命者から奪われた美術品を扱うディーラーや絵画を担保として使用する麻薬カルテルを突き止めたい機関にとって、しばしば頼みの綱となるのが、レアンダー・ホームズのような私立探偵なのです。こうした犯罪組織はきわめて小規模で排他的なため、捜査においては、何ヵ月もかけて内部の者に偽装を信じこませてからでないと、本物の情報に接する機会すら得られません」

彼が話しているあいだ、背後のモニターには水族館のスクリーンセーバーが表示されていた。ぼくはマイロから借りたノートにメモを取った。

オーガストがまるで教室の生徒みたいに手をあげた。

「わたしの兄たちはどのように関与しているのかな？　ルシアンやヘイドリアンは」

ピータースンは少しためらいを見せてから答えた。

「ヘイドリアン・モリアーティは、妹とともに腐敗した国々の指導者たちに賄賂をつかませ、国宝級の美術品を持ち去る際に見て見ぬふりをさせることでよく知られています」

「ああ、それはもちろんそうだ」そう言ってオーガストはマイロに向き直った。「だが、兄たちはこの件に具体的にどんな形で関与しているんだろう?」

　マイロが手を動かして合図すると、十二の画面が監視カメラ映像に切り替わった。それぞれ異なる光景をとらえた映像は、映画でよく見るような白黒のものはひとつもなく、どれもフルカラーだった。風でカーテンがふくらんだ浜辺の脱衣小屋と背景の海。四柱式ベッドが置かれた寝室。別の景色。別の部屋。下の段にある四台のモニターには、サセックスのホームズ家の屋敷に続く別々の小道が映し出されていた。レアンダーと最後に会った場所に薪の山が映っているのに気づき、ぼくははっとした。

　マイロが画面を指さしながら説明した。

「これがきみの兄ルシアンの一番新しい隠れ家だ。こっちはきみの兄ヘイドリアンのクロイツベルクにある仮住まいだ。いや本当に、オーガスト、次はもっといい家庭に生まれつくんだな。それから、これがヘイドリアンの家の正面入口、裏窓の景色。トイレのひとつもあるのだが、礼儀上きみには見せないでおく。そこにはかなり大きな窓があるので、監視の必要があるのだ」

　ふたたびマイロが手首をさっと振ると、画面が切り替わった。

「うちの屋敷についても、あらゆる部屋の映像をあらゆる角度から見られる。浄化槽にも一台カメラを仕掛けておいた。これらの映像を監視する専門家が二名いて、たがいの推測をすり合わせるようになっている」

「さっきの質問の答えにはなっていないないな」

　オーガストが言い、彼の隣でホームズが画面をもっとよく見ようと身を乗り出した。彼女は両膝を手でたたいて拍子を取っている。

「ルシアンがくしゃみをしたら、わたしはそれを知る。彼がいつもとちがうカクテルを注文したら、海辺のわびしい隠れ家にそれを運んでいくのはわたしの部下のひとりだ。彼が車に乗ろうと考えただけでガスケット三個と右のリアタイヤがなくなるし、彼と間接的につながっている何者かが英国行きの便に乗ったら、その機はベルリンに緊急着陸してその者は強制的に排除される」

　マイロの声からは嫌悪感がびりびりと発散し、ぼくは聞きながら少し身を縮めた。

「わたしはルシアンからその資産とコネクションをはぎ取った。彼が最後にかけた電話は三週間前で、妹のフィリッパあてだったが、接続した一・三秒後にわたしが切断してやった。それで、きみの質問に答えると、もしルシアンがレアンダーの失踪と関連があるとしたら、諜報ゲームで彼のほうが上手だということになるが、わたしの腕前はナンバーワンなのだ。妹には心配しなくていいと言ってある。だから、妹は心配していない。われわれはこの件をうまく片づけるだろう」

ホームズは不審そうな顔で兄を見上げた。妹を見返すマイロの顔はまだ怒りでこわばっていた。ホームズがポットを持ち上げてマグカップにコーヒーを注いでやると、兄もわずかながら表情をゆるめた。

ホームズはモニターのほうを振り向いた。

マイロが話の続きを始めたとき、いつもの気むずかしい彼に戻っていた。

「ヘイドリアン・モリアーティに関して言うと、彼はわたしを雇っている」

ぼくは思わずむせた。オーガストは両手に顔をうずめた。

「説明して」

そう言ったホームズの声には、さほど驚いた様子がなかった。

「なぜだ、ロッティ。おまえならわかるはずだぞ」

彼女は息を吸った。思考をめぐらせ、それから口を開いた。

「兄さんがそうした相手に提供しているサービスは、個人保護ビジネスの分野だろう。彼が兄さんの傭兵たちを雇うとしたら、それ以外の目的は考えられない。仮に法的に怪しげな美術品をある国から別の国に輸送するとしたら話は別だが、自尊心のある政府の多くが兄さんとその〝どこにも属さない請負人〟を毛嫌いしている以上、兄さんがモリアーティ家の利益のためにみずからの手を汚すとは思えない。すまない、オーガスト」

顔をおおった手の中からオーガストのうめき声が聞こえた。

「すなわち、兄さんが提供するエージェントの役割は……護衛だな。護衛でなければならない。だが、なぜそのような事態になったのか。もしもヘイドリアンがグレーストーン社でオーガストが働いていることを突き止めていなければ、兄さんには接触してこないはず。そして、その事実が露見したなら、われわれはすでになんらかの攻撃を目にしていなければおかしい。レアンダーの失踪は攻撃の結果だろうか。いや、ちがう。なぜなら、ヘイドリアンが矛先を向ける相手はこのわたしだから。ヘイドリアン・モリアーティに関する噂と彼の六千ドルの腕時計から考えて、彼は際立って頭が切れる人物ではない。そうか、なんてことだ。兄さんのほうから彼に接触したんだな」

マイロは黙ってコーヒーをすすっている。

「だが、なぜヘイドリアンは兄さんからの接触に応じた？　たとえ彼がわたしの皮を剝いで壁に吊すのを個人的に望まないとしても、彼の兄ルシアンは望むだろう。ヘイドリアンが正当な理由もなく波風を立てたがるとは思えない。兄さんは彼に何を提案できただろうか？　モリアーティ家の良心には訴えようがないし。すまない、オーガスト」

　オーガストが今度もまたうめいた。

「兄さんはそんな方法で彼の関心を引きつけたのではない。となると、彼に恐れを植えつけたはずだ」

　彼女はそこで目に見えない手がかりを兄の顔から読み取った。

「いいや、兄さんはそうはしなかった。彼がすでに恐れていた何かに訴えたのだ」

「レアンダーだよ」

　ぼくは頭の中でパズルピースを組み合わせながら言った。

「レアンダーに自分の偽造組織が暴かれるのを、彼は恐れてたんだ」

「だが、レアンダーは直接ヘイドリアンを捜査してはいない……ああ、レアンダーは潜入していたのだった。ヘイドリアンに通じる情報にたまたまぶつかったのかもしれない。たとえ政府が美術品詐欺師に注意を払っていないとしても……」

「そこへ、ホームズ家のひとりが大量の情報とともにあらわれて、それを報道機関に持っていけば……」

「……政府がヘイドリアンを捜査していないとしても、彼の国際的な信用は地に落ちる。これ以上、略奪した宝物で得た現金でブタさん貯金箱をいっぱいにできないわけだ」

ホームズが推理をきれいにまとめたところで、オーガストが顔を上げ、暗い目をマイロに向けた。

「つまり、きみはレアンダーの捜査に関する情報をわたしの兄に提供し、個人的な保護を与えているわけだ。そして、見返りとして、きみの部下たちがヘイドリアンの動向を報告してくる」

「ピーターースン」

マイロが部下を呼んだ。

「この三人に金の星シールをやってくれ」

ぼくはこういう場面の対処テクニックが上達しているかもしれない。この中で正しく懸念を抱いているのは、たぶんぼくだけだ。ぼくはマイロを問いただした。

「あなたは、進んで叔父さんの命を駆け引きに使うほどモラルに欠けた人間なの？」

「情報の通り道は交互通行なのだよ。わたしはレアンダーに、いかにヘイドリアンの道から安全に離れておくかを伝えてある。いかにヘイドリアンを避けるかをね。それがこの状況の相互性を維持するための唯一の方法だった。わたしは父から教わってきたのだ。全能を得るためなら安全を犠牲にする価値がある、と」

「あなたが犠牲にしたのは、自分の安全じゃないよ」

ぼくが言うと、マイロの表情がこわばった。

オーガストが見るからにほっとした顔で言った。

「それなら、レアンダーを拘束しているのはヘイドリアンでありえない。フィリッパでもない。ふたりの行動は切っても切り離せないからね。きみはふたりの関与を否定するのだな、マイロ？」

「わたしの関知するかぎり、関与していない」

ホームズは自分の両手を見下ろしていた。彼女は腹を立てていない。動揺もしていない。ほんの一瞬だけど、まるで……気落ちしているように見えた。まるでレアンダー失踪事件の解決策をまちがいなく知っていたはずなのに、その自信がなくなってしまったみたいだ。彼女が叔父のことをさほど心配していないように見えるのはなぜだろうと、ずっと不思議だった。その答えがわかった。レアンダーを見つけることは、オーガストの兄を追いつめるのと同じくらい簡単だと考えていたのだ。

彼女はまちがえることに慣れていない。

ホームズは身を乗り出し、マイロの監視カメラ映像をにらみつけた。まるで答えがそこにあるとでもいうように。たぶん、そこにあるのだろう。

ぼくはマイロに向き直った。

「ヘイドリアンはレアンダーの捜査の詳細を知ってる。なのにあなたは、彼がレアンダーの失踪に関与してるとは考えてないんだね」

マイロはふんと鼻を鳴らした。

「レアンダーはヘイドリアンの活動範囲から離れていたのだ。ただし、ごく最近になってレアンダーが利用することになった情報提供者……ディーラーが実はモリアーティの利益代表者でもあるとわかった。ヘイドリアンがそのことを聞きつけ、つまりわたしも聞きつけた。わたしはただちに叔父に電話をかけ、この国から立ち去るように言った。わたしの父のところに滞在すれば、そのコネクションを使って国外からでも捜査に新しい光を当てることができる、とね。レアンダーがこっちに戻る前に、ディーラーには身を隠すのに十分な猶予が与えられる。だれもが幸せだ。だれも傷つかない」

「英国にヘイドリアンの工作員がいる可能性は?」

「彼はそこまでする気はない。わたしがサセックスの屋敷をまるごと監視しているのだ」

「じゃあ、フィリッパは……」

「それについてはロッティが独自の計画を持っていると推測するが……」

そこでマイロは顔をしかめた。

「いずれにせよ、そこできみたちに危険がおよぶことはないだろう。わたしが狙撃手を一、二名派遣しておくから」

　それを聞いてオーガストが小さくつぶやいた。

「狙撃手を一、二名、か。きみたちはみんな似たり寄ったりだな」

　オーガストの隣では、ホームズがモニターに向けて手を上下させている。だけど何も起きない。

　マイロがオーガストのつぶやきを聞きとがめた。

「ご挨拶だな。わたしはここで火のついた棍棒を何本もジャグリングしているんだ。そのうちの一本はきみだぞ、オーガスト。お望みなら喜んでシベリアに職場を見つけてやろう」

「感謝する。本当だよ。その手のよけいなお世話には、レアンダーもきっと感謝したにちがいない」

「ああ、そうさ。彼はわくわくしていたよ」

　マイロの口調はそっけなかった。ぼくは口をはさんだ。

「待ってよ、レアンダーがヘイドリアンとフィリッパを追ってたんじゃないなら、そもそも彼は何を捜査してたの？」

　そのとき、ホームズが勝ち誇るような声をもらし、手首をすばやく右に動かした。十二の監視映像がすべて切り替わった。ホームズ邸の正面玄関をとらえた一連の光景。彼女が左手を鋭く斜めに動かすと、映像がすべて早戻しになった。

マイロが口をすぼめた。

「おまえは飲みこみが早いな」

「そうでもない」

ホームズはさらに両手を裏返した。画面は指示どおりに停止した。

「言わせてもらうと、このようなセンサーは資源のむだづかいだな。リモコンはどこへやった？」

オーガストが咳払いをした。

「わたしがセンサーの数学的処理の設計をしたんだ。基づいている差分は……」

「ああ、もちろん、わかっている」

彼女はぴしゃりとさえぎり、わずかな手ぶりでふたたび映像を再生させた。

「ここを見てほしい。レアンダーが姿を消した夜だ。彼とジェイミーが薪の山のそばで感動的だったに相違ないひとときをすごす場面が見える。ここで、ひとり、ふたり、どちらも屋敷に戻っていく。窓を通して、夕食の席に集まった家族が見える。レアンダーは自分の部屋に」

手が動き、画面が変わる。

「屋敷の内部はタイムラプス映像になる。マイロが来客用の寝室に設置したのは静止画カメラで、十分おきにしか写真を撮っていない」

「そのミスはすでに修正しておいた」

「当然だ。ほら、ここ。レアンダーが電話をかけている。次は歩き回っているか、少なくともあちこち動いている。今度はバッグの荷造り中だ。そして、ここが玄関ホール。スーツケースを持って急いで階段を下りていく。それから……」

ホームズは屋敷の外のカメラに切り替えた。黒い帽子をかぶったひとりの男が敷地内の車道を遠ざかっていった。

「彼が立ち去った。画面の外に待たせてある車に向かって」

彼女は兄をじっと見つめた。

「このあと彼はどこへ行った？」

マイロはため息とともに指をぱちんと鳴らした。画面が真っ暗になった。

「現在の所在はわからない。しかし、その前にどこにいて、何をしていたかは把握している。わたしの接触者によれば、ドイツ政府が彼を雇った目的は、偽造団への潜入と彼らの贋作を裏づける十分な証拠の収集だ。偽造団は一九三〇年代の画家ハンス・ランゲンベルクの作品を贋造している。〝回収〟された絵画の点数があまりに多いことに政府が不審を抱き、特別捜査の対象になったのだ」

　モニター画面に一枚の絵画が出現した。ぼくはまばたきした。コバルトとグレーにオフホワイトの艶。ぼくの好きなタイプだ。絵の中では、赤い木綿のドレスを着た女の子が退屈そうに部屋の隅にすわって本を読んでいる。女の子の隣に男がいて、両手でペーパーナイフをもてあそび、もうひとりは暗い窓の外を眺めている。三人はひとつしかないかすかな光の下に集まり、部屋のほかの部分は暗くてはっきり描かれていない。

「これが彼の最も有名な作品……『消えた八月《ラスト・オブ・オーガスト》』だ。ランゲンベルクはドイツ人で、ミュンヘン出身。生涯独身で家族はない。極度の秘密主義を貫き、代理人には売却用の作品を三枚しか渡していないが、多作だと考えられている。昨年、〝新たに発見された作品〟のコレクションがオークションに突然出品された」

　ほかのモニターにも同じような絵画が映し出された。それぞれ屋根裏部屋や夜の裏庭に置かれていて、どの場所でも背後には数名の人物が手に明るい物体を持って立っている。

「これらの絵画は競売人たちを困惑させた。本当にランゲンベルクの作品であるかどうか、断言できないのだ。もしもこれが公になったら、贋作人たちがこの機に乗じて大虐殺から利益を得ることになるやもしれない。すでに金がネオナチのポケットに入っているという噂もささやかれている。ドイツ政府は一刻も早くこの事態の収束を図りたいのだ」

偽造であるかどうかは別にしても、どの絵もすごく魅力的だった。画面が消えたときにぼくはがっかりした。

オーガストはぼくの表情を見たにちがいない。ぼくが嫌っている声――彼が自分らしさを装った声――で言った。

「どの絵もすてきだな」

驚いたことにホームズがその意見に同意した。

「ああ。『消えた八月』。奇妙だが美しい。どの絵もそうだ。レアンダーは怪しい贋作人を突き止め、アトリエを調べ、ランゲンベルクの復興がまやかしであることを示す証拠を探そうとしていたのか？」

「そうだ。まさにそれが彼の具体的な任務内容だった」

マイロが言いながら合図すると、ピータースンがワゴンを片づけ始めた。

「彼の安全のために、わたしはそれ以上のことを知らされていない。だが、ロッティ、この偽造組織はヨーロッパ全域で活動している。むろんベルリンは理にかなった出発点だが、わたしの知る範囲では、彼はほかの都市のコネクションも探っていた。ブダペスト。ウィーン。プラハ。クラクフ。これはきわめて大規模な捜査で、彼は文字どおり、どこにいてもおかしくない。そう、彼はジェイミーの父親にメールを送るのをやめたが、露見の危険を冒したくないほど組織の深部まで潜入していたのかもしれない。長い報告書を毎日〝ワトスン〟という名の親友に送ることは、デリカシーのある行為とはとうてい言えないからな」

「わたしを〝ロッティ〟と呼んだんだ」

ホームズがどこか訴えるような声で兄に告げた。

「電話にメッセージが残されていた。彼はけっしてロッティなどと呼ばない。それに、立ち去るときにわたしに贈り物を残していかなかった」

「みんなおまえをロッティと呼んでいるぞ」

そう言ってマイロは立ち上がった。

「子どもみたいなことを言うな、ロッティ。レアンダーはすっかり手づまりになったのかもしれない。現実として、危険におちいった可能性もある。だが、そんなことは前にもあったし、これからだってある。それが彼の仕事なのだ。わたしにはとてもまねできない。特に今のようにヘイドリアンと微妙な関係にあってはな。レアンダーが急に国外に出たのは自分の意志であって、まちがってもヘイドリアン・モリアーティの汚い取引を暴く情報に危うく接近しかけたからではないと、ヘイドリアン自身に説明して納得させるのが簡単だと思うか？　それはむずかしい。わたしにはわたしの仕事があるのだ」

「これはダラスのキリン消失事件やウェールズの乗っ取り事件ではない。何かちがう感じがする。彼はわれわれの屋敷から消えたんだ」

「お父さまは彼が無事でいると言っている」

マイロの言いかたは、それがまるで反論できない論拠みたいだった。

「おまえが心配しているのはわかるが、わたしは高度に専門的な取り組みをただひとつの方向に集中させなくてはならない。実のところ、現在の最大の懸念はルシアンなのだ。お母さまが毒を盛られた件にルシアンが関与する機会はあったのか……そこはなんとも言えない。その脅威には同様にレアンダーも含まれる可能性がある。ルシアン・モリアーティの件と家族の安全の両方に手を回すのがわたしにとって困難だということには、おまえも異論はなかろう。われわれの母親は危険にさらされている。そして、母がおまえにとって大のお気に入りでないことをわたしは知っているが……」

ホームズが身をこわばらせた。

「おまえが母親に死んでほしくないと思っているのも知っている。部下たちが屋敷でセキュリティの不備を調査していて、わたしは定期的に報告を受け取っている。すでに使用人たちのふるい分け作業は九分どおり終わった。ルシアンがタイ国内からなんらかの方法で手下に連絡したかもしれず、わたしは早急にその方法を見いださねばならない」

オーガストが「それは、つまり……?」と聞き返した。

「それはつまり、わたしがタイに向かうということだ。今夜、出発する。状況をわたしがこの目で見きわめねば」

マイロはうっすらと笑みを浮かべた。

「すぐに戻ってくるつもりだ。手がけねばならない戦争がひとつあるのでね」

確かアリステアが同じようなことを言っていた。いくつかの国際紛争の計画立案者だった、と。世界状勢を自分たちで引き受けたいという強い欲求が、ホームズ一族には脈々と受け継がれているのだ。けれど、マイロの妹には大きな野心の視点はない。彼女はレーザーで極小部に焦点を合わせる。

手助けが必要なときにどのエージェントに頼ればよいか、マイロがホームズにざっと説明したけれど、彼女がちゃんと聞いていたかわからない。オーガストはと見ると、ピータースンがドアから運び出していくワゴンにじっと目をこらしたままだ。

ぼくはオーガストに向いて、ホームズと相談もせずに告げた。

「ぼくたちはフィリッパとのランチに行く。きっとうまくいって、恐ろしい目にあうこともないと思うよ。それから、ホームズとぼくは今夜、イーストサイド・ギャラリーに行ってくる。例の教授、ナタニエルがレアンダーと待ち合わせをしてるんだ。レアンダーが姿を見せなかったら何が起きるか、見ものだよ。……彼はレアンダーが接触していたディーラーなのかな？」

オーガストはぼくの話をほとんど聞いていなかったらしい。

「レアンダーはわたしを信用していた。彼は……わたしの家族に関する情報をためらいもなく教えてくれたんだ。彼が知っていること、やっていること、それをわたしが家族に伝えるなどとは疑いもしなかった」

ぼくは思わずオーガストの顔を見た。

「きみは家族に伝える気なのか？」

彼は大声で笑った。

「まさか。そんなことをするわけがない。和解のためにここに来たと言っただろう？　それは本心だ。以前は彼もわたしには何も打ち明けてくれなかった。どんな心境の変化があったのかはわからない」

ホームズはマイロの肩に手をかけてつま先立ちになり、何か耳打ちしていた。兄は首を横に振り、妹の頬に短いキスをした。

「すぐにまた会える」

マイロはそう言うと、ぼくたちにもうなずきかけ、部屋を出ていった。

「おめでとう、オーガスト。きみは家族に関する機密ファイルにアクセスできるパスコードを与えられたぞ」

ホームズはそう言ってTシャツの〝化学反応は愛し合う者たちのため〟の部分を引っぱってみせた。

「さあ、急いで仕事に取りかかろう。もう午前七時だ。わたしは夜中までにこの件を解決したい」


ホームズがオーガストとぼくに向かって、フィリッパとのランチを前に部屋で〝作戦を練る〟必要があると言ったけれど、オーガストはやるべき仕事があると言って断った。

「なんの仕事だ？　きみは実際には何もしていないだろう？」

ホームズがきいたので、ぼくは彼女に目配せを送った。

「なんだ、ワトスン？　彼はいかに自分が何もしていないかをいつも吹聴しているんだ。事実を認めるのは非礼に当たらないだろう？」

オーガストは彼女の肩に手を置いた。家庭教師に戻ったかのようだった。

「シャーロット、確かにわたしには仕事などない。きみから離れてひとりでいる機会を、礼儀にのっとって、一時間だけ作ろうとしているんだ。きみたちふたりとちがって、ずっといっしょにいることに疲労を感じ始めていてね」

「単にそう言えばよかったのに」

彼はかぶりを振り、ほほ笑んだ。そしてエレベーターに向かっていった。

どこに行くんだろう、とぼくは怪しんだ。

ホームズが部屋のドアを開けたとき、ぼくは言った。

「わたしは礼儀の概念をよく知らない、なんて言わないでくれよ」

「礼儀の概念なら知っている。ただ、友人にそれ以上のものを期待しているだけだ。率直に言うことは嘘をつくよりもずっと効率がいい」

「マイロがさっき彼に情報を明かしたのは、彼がそれをどうするか確かめるためだね」

「もちろん。だが、わたしはオーガストを信用する。彼はわたしを警察に突き出す代わりに自分自身を消し去る道を選んだ。今になって気が変わるとは思えない」

彼女は一瞬、考えをめぐらせた。

「それに、たとえわれわれについて密告を試みても、彼のささやかなわがままを通すには遅きに失している」

「そんな余裕をかましてていいの？」

彼女は歯を見せて笑った。

「密告を試みることはできる。だが、すでにマイロがオーガストの背中に照準を合わせているのはまちがいない。ヘイドリアンはくすぶった灰の山からでも情報を得ようとするだろうが、それが成功するとは思わない」

なんだか恐ろしい話なので、ぼくは笑うしかなかった。

「今朝のきみはご機嫌だな」

「そうさ。さあ、気を引き締めてかかろう。フィリッパとのランチのために戦略を立てておかないと」

「ここのオイスター・バーは最高よ」

フィリッパがそう言ってかすかに人さし指を立てると、白服のウェイターが魔法みたいに彼女の脇にあらわれた。

「シャンパンのハーフボトルをいただこうかしら。おたくのハウス・シャンパンなら高くないでしょう」

「シャンパンはそもそも高いものじゃないの？」

ぼくが言うと、ホームズがメニューから目も上げずに言った。

「まだ昼前だ」

フィリッパが薄ら笑いを浮かべた。

「お子さまね。まさかカキの殻をシャンパンでゆすいだことがないなんて言わないでちょうだい。あなたたちのぱっとしない学校では、いったい何を教えているの？」

ぼくは片方の眉を上げてみせた。

「ぼくたちみたいなお子さまに殺人の罪を着せる方法だよ」

この会合は何もかもがまともじゃない。フィリッパが自分でレストランを決めると強く主張し、マイロのもとに店の住所が送られてきたのは、ぼくたちが出発する十分前だった。住所を見たマイロは眉をつり上げ、ぼくたちを車に押しこみながらこう言った。

「このレストランは一八五三年開業で、以来ずっと法外な値段を取ってきた。イタリア大理石がすばらしいぞ。目立たないように護衛を近くの席に配置させておく」

だけど、レストランに入ってみると、フィリッパがフロアを貸し切りにしていた。彼女はきらきら光るドラゴンのモザイクの下にある奥のテーブルで待っていた。

「こんにちは、おふたりさん。この席を気に入ってくれるといいんだけど」

陽気に挨拶する彼女にホームズはかぶりを振った。

「気に入るものか。とうてい受け入れがたい。兄の部下たちが窓からわたしたちを見張れる場所がいい。立つんだ。行こう」

フィリッパが先に立って、ぼくたちを窓際のテーブルに案内した。ぼくたちはまるで校長室に連れていかれる生徒みたいだった。

そんな気分は、続くみじめな一時間のあいだもずっと消えなかった。

フィリッパはとても小さなフォークをもてあそびながら言った。

「あなたたちはニューイングランドのカキのほうが好きかしら？　わたしは好きよ。でも、大西洋の向こう側から運んでくるのはむずかしい。それでも、手の届くところにこんなにおいしいイタリア産の貝があるんだから、いいんじゃない？」

「レアンダーはどこ？」

ぼくは幼い子どもを相手にするみたいな口調で言った。

「あんたが彼の居場所を知ってるのはわかってるんだぞ」

「いいわ。料理はわたしが選ぶことにする」

フィリッパはホームズの決断を待たずに、また指をあげた。彼女はすらすらと注文したけど、ぼくにはそれがイタリア語らしいということしかわからなかった。

「レアンダーはどこなんだ？」

フィリッパは顔をしかめてスカーフを直した。

「もっとヒーターをきかせてくれればいいのに。ぶるる」

「レアンダーは？　どこにいる？」

これがぼくたちの作戦だ。思いついた唯一の作戦。フィリッパがこの会合の目的を白状するまで、彼女が答えられない質問をしつこく繰り返す。「ランチの手配に苦労したなら、フィリッパは食事の席では礼儀正しいふりをしたがるだろう。それはわれわれに策略のチャンスをもたらす。彼女を執拗にたたくんだ。そうすれば、わたしが彼女の仕草を読む時間が稼げる」というのがホームズの主張だった。

「レアンダーはどこだ？」

ぼくはそう言ってから、ウェイターに炭酸水を注文した。ホームズはまだメニューから顔を上げないけれど、きっとなんらかの方法でフィリッパの顔を観察しているにちがいない。フィリッパはずっとそわそわしている。髪をさわったり、袖を引っぱったり、かすかな動きだけど手はけっして止まらない。

五分が経過した。そして十分。フィリッパは何かを待っているように見える。これは陽動作戦かもしれないと心配になってきた。でも、なんのために？　ぼくたちが留守だからといって、グレーストーン社本部の守りが手薄になるわけじゃない。

氷を敷きつめた浅い大皿にのってカキが出てきた。一瞬だけ、ホームズの目がうれしそうに細められた。彼女はコネチカット州にあるぼくの父の家で初めてカキを食べた。父の新しい奥さんのアビーが魚市場からどっさり買ってきたカキを、ホームズはほとんどトレー一杯分平らげてしまったのだった。彼女はきっと、奇妙で美しいその中身とか、引き出すために使うごく小さな道具類とか、そういった儀式的なものが大好きなのだ。ぼくにはわかる。

うやうやしいほどの手つきでホームズはカキを持ち上げ、じっと見つめた。

「ランの花はどんな様子だ？」

ホームズが何気ない調子できいたとたん、フィリッパの仮面がまるでオイルみたいに流れて落ちた。

「交渉の機会を一度だけあげるわ」

フィリッパはそう言って両手をテーブルにのせた。

「あんたにはかなり譲歩してやってるんだからね。オーガストがどこにいるか教えなさい。そうすれば、あんたのためにルシアンと話をつけてあげる。ヘイドリアンはあんたたちと話し合う気なんてさらさらないけど、わたしはちがう。だからこそ、あんたはわたしをこの茶番ランチに呼び出したんでしょう？」

「きみの庭師が辞めたのは残念だ。それも突然に」

ホームズはカキの殻を鼻に近づけながら言った。

「今朝、だったんじゃないか？　マイロは世話係がほしかったんだ……彼のカーネーションの」

「ランの世話をする庭師ならまだ何人かいるわ。こっちの条件を言う。わたしがルシアンに頼んで、あんたにあと二年間の猶予を与えるわ。兄があんたに宣告した死刑判決に二年の恩赦を与えてあげる。それだけあれば、あんたは学校を終えて、おとなになれるでしょう？　そしてそのあと、あんたは姿を消すの。新しい身分と新しい名前を選んでね」

「マイロにあの庭師を推薦したのは、このわたしだ」

ホームズは手の中でカキの殻を裏返した。

「ああ、カキは海の香りがしないか？　家に帰りたくなる。サセックスの家に」

フィリッパは一瞬の沈黙のあとで言った。

「サセックスの家」

「そうだ。ひどく具合の悪い母がいる。叔父は行方が知れない。教えてくれ……」

ホームズはテーブルの反対側に手を伸ばし、フィリッパの皿から小さなオイスターフォークをつかんだ。

「きみは最近、レアンダー・ホームズに会ったか？　わたしが最後に会ったとき、彼は心配していたんだ、わたしの……体調を崩した母を」

「もっといい質問は、あんたがわたしの弟をどこに隠しているか、よ。ふざけないで」

「きみの兄弟か」

「わたしの兄弟よ」

「どっちのことだ？　高校生を殺害してタイのビーチに隠れているほうか？　それとも、生え際の後退した古美術泥棒のほう？」

　フィリッパの怒りが爆発した。

「あんたは敬意ってものをだれかに教わらなかったの？」

「だれにも教わっていない！　きみこそ利口なだけではだめだと、だれかに教わらなかったのか？　きみは相手に進んで協力する必要がある。わたしは解決策を提供しようとしているのだぞ」

「あんたには絶対に協力しないわ」

「今すぐマイロの部下たちを呼び入れて、きみをルシアンのもとに連行してもかまわないんだ。ルシアンは慎重にことを進める可能性もあるが、すばやく片をつけることもやぶさかではないとわたしは思っている。きみの両手の指を折り、殺すだろう。わたしがきみをこの国から連れ出してタイまで行けるかどうか、見てみようじゃないか」

「ウェイターがだれかにメールを送ってるよ」

ぼくは声をひそめることなくホームズに警告した。

「彼女がわめきだした瞬間に、電話を取り出したんだ」

ホームズはテーブルに身を乗り出した。

「オーガストは生きているかもしれない。そして、わたしの叔父はアルプスの小旅行に出かけるのをわれわれに伝え忘れただけかもしれない。いいか……時間がもうない。きみも承知のはずだ。わたしの条件を言う。きみが兄ルシアンに、隠れ家から出るよう命じる。きみはヘイドリアンとともに英国に行き、わたしの両親に謝罪する。そして、叔父の所在を教える。そうしたら、わたしはオーガストを見つけ出して、きみたちとまだかかわりを持ちたいか、きいてやらないでもない」

「謝罪？　何について？　あんたという災難を生み出してしまったのは、わたしのせいじゃないわよ」

「わたしの母に毒を盛ったこと。わたしの殺害を試みたこと。誤解だったものをひどい国際紛争にまで拡大させたこと」

ぼくは身をよじって店の正面の窓をずっと見ていた。連中がやってきた。車が続々と歩道に寄せられる。白い糸に黒いビーズを通していくみたいだ。

「もう行かないと。ぐずぐずしてられない」

ぼくは言った。フィリッパが椅子にゆったりと背をあずけた。

「そんな条件は飲めないわね。無理よ、シャーロット。最初に引き金を引いたのがあんただということを忘れないで。オーガストはそのうちわたしたちのもとに戻るわ」

「ホームズ」

どうにか冷静な声を保ちながら、ぼくは言った。

「あいつら、銃を持ってるよ」

彼女は爪の先でカキの身をつまみ上げ、自分の皿に落とした。空になった殻にシャンパンを注ぎ、ぐいっとあおる。

「わたしの申し出を受けなかったことをいつか後悔するだろう」

ホームズがフィリッパに告げた次の瞬間、ぼくたちふたりは席を蹴って走った。

テーブルの迷路を抜け、異様に賑やかな厨房に飛びこむ。でも、行き先は裏口ドアじゃなかった。

「裏手にも男たちがいる」

ホームズは鋭くささやきながら驚き顔のコック長をよけ、ぼくを冷凍室に引っぱりこむと、後ろで重い扉をたたき閉めた。

「きみのお兄さんがあと二秒で到着するといいんだけど」

ぼくは咳きこみながら言った。

「だって、ここの扉は内側からはロックできないからさ」

「キーコード方式だ。見なかったのか？」

ホームズは携帯電話を取り出した。

「ここは高級シーフード・レストランだ。シタビラメが冷凍ものであるのを客に見せるわけにいかないからな。……もしもし、マイロ、〈ピクァント〉の冷凍室をハッキングしてくれないか？　ワトスンの無精ひげが凍りつき始めている。コードを変更して、それからだれかを迎えによこしてほしい」

彼女が電話を切った。ぼくたちはたがいを見つめた。

「今朝、マイロが言ったばかりだよね。ヘイドリアンとフィリッパにはきみの叔父さんを拘束する手段はないって。あれはなんだったの？」

「マイロには近視眼的なところがある。自分が何もかも知っていると考えるのは危険だ。わたしはモリアーティ家の関与を知っていた。それは確かなんだ」

ホームズの口調が激しかったので、ぼくは思わず後ずさった。彼女の気を静めるために話題を変える。

「ランの件は？　あれがきみのマスタープランだったのか？　ランを世話してる庭師を彼

女から横取りするのが?」

彼女の眉には霜の粒が付着し始めていた。

「フィリッパの育てた花は国際的な賞をいくつか受けている。マイロには助言が必要だろうと思ったんだ。ペントハウスで何本か木を育てているから」

「まったく、きみはなんてやつだ」

「知っている」

そう言ってホームズはにっこり笑った。

「それで、今日の会合だけど、単なる口論に終わったね」

「彼女にせっかく最後のチャンスを与えてやったのに」

ホームズはため息をついた。

「わたしはときとして必要以上に親切にしてしまうことがある」

「ぼくとしては意地の悪いきみは見たくないよ。それにしても寒いな。歯の一本一本まで感じられる気がする。マイロの部下たちはあとどれくらいで来るんだ?」

「屋根の上で待機していたと思うから、あとほんの一、二分だろう。銃声が聞こえてこないのは何よりだ」

彼女はセメントの床で小さく足踏みしている。

「ワトスン」

「何、ホームズ？」

数秒ほど床を見つめてから、彼女が言った。

「コートをテーブルに置いてきてしまった」

顔を上げたとき、彼女の目は生気がなく、悲しげに見えた。ぼくはそっと近づいた。

「ねえ、どうかした？」

「知っていたか？　叔父はどこかに出かけるときには、必ずわたしに贈り物を残してくれるんだ。今回はそうしてくれなかった。何も残さずに……。この前のときは、手袋を置いていってくれた。黒のカシミヤで、指のないタイプだ。錠前破りに打ってつけだった」

彼女はまたうつむき、両手をポケットに突っこんだ。

「今、あの手袋があればいいのに」

五分後、マイロの部下たちが扉を開けてくれた。ぼくの口の中には氷があり、靴の上には雪が積もっていた。ホームズはもう泣きやんでいた。本当は泣き始めてもいなかったと思うけれど。

グレーストーン社に帰ったぼくたちは、警備員に「放っといてくれ」と言う単純なやりかたでセキュリティチェックを回避し、エレベーターに乗って部屋に戻った。ホームズはずっと沈黙をまとっており、それはつまり彼女が物思いに沈んでいることを意味する。あと十分もしたら、大量の毛布にくるまって煙草を立て続けに吸い始めるだろう。

「ぼくはランチを食べそこねた」

こもった殻の中から彼女を引っぱり出そうと、ぼくはあえてばかな感想を口にしてみた。図らずもそれは真実だったけれど。

「一個ぐらいカキを食べたかったな」

「いつかふたりで行こう。サンドイッチでよければマイロのペントハウスでいつでも食べられる。兄はパン用のペーストを常備しているから」

「あの部屋に勝手に入ったとたん、だれかに狙撃されたりしない？」

「だれも狙撃しない。きみの電話はどこにある？」

「ここに置きっぱなしだよ。なんで？」

「モリアーティ家の人間に会いに行くのに、きみは電話を部屋に残していったのか？　わたしと引き離されたらどうするつもりだ？」

「ぼくたちは引き離されなかったよ」

ぼくは少しいらだっていた。本当に空腹だった。

「報告すべきことはまだないのに、父からずっとメールが来ててうるさいんだ」

「今すぐチェックしてくれないか」

ホームズは床にじかにすわった。すぐ横にある本の山をざっと見てから、一冊を引っぱり出す。

不安と期待が混じったおなじみの気分が胸にきざした。彼女にこんなふうに何かを頼まれたとき、いつもそんな感じになる。ロフトによじ登り、くしゃくしゃのシーツの中から携帯電話を引っぱり出す。〝フランスの恋人候補〟というニックネームが設定された番号から携帯メールが来ていた。

〈サイモン、午後にコーヒーを飲む約束はまだ生きてる？　わたしの絵についてもっと話すのが楽しみ〉

やられた。下を見ると、ホームズが膝の上で本のバランスを取りながら、ひとりでにやにや笑っている。ぼくの電話を夜のうちに勝手に使ったにちがいない。でも、どうやって持ち出したんだろう？　彼女がなんらかの手を使ってマリー＝エレーヌに送ったメールは世界一ひどい文面だった。

〈やあ、ラブ、メールしてもかまわないよね。タビサから番号を聞いたんだ。彼女は突進力抜群のウィングだから。明日、午後の紅茶でもどう？〉

「ホームズ。これはひどいよ。まるで絵に描いた英国人じゃないか」

「しかたがなかった。きみが上流階級の男の子を演じると、そんなふうだから」

彼女は笑いをこらえるように唇を結んだ。

そのメールにマリー＝エレーヌが返信してきている。

〈いとこを使って番号を聞き出させるなんてずるい人！　うん、もちろん会いたいわ〉

〈きみの作品を見ながら、絵のことをもっと話したいな。ゆうべ、先生のところではごめん。ちょっと緊張してたんだ〉

「単語を略さずに打つのが面倒なサイモンだったら、アポストロフィだって使わないんじゃないかな」

ぼくが指摘すると、ホームズは本から無邪気な目を上げた。

「しまった、つまらないミスを犯した」

〈なぜ緊張したの?〉

マリー＝エレーヌの質問のあとには天使の絵文字が並んでいた。

〈そりゃするよ。きみがきれいだから。わかってるくせに〉

赤面した顔の絵文字。ぼくはうめき声をもらした。

「最悪だ。勘弁してくれ。これじゃまるでＬ・Ａ・Ｄの歌だよ。うちの妹がまねして作る詩みたいだ」

「きみの妹さんからはずいぶん多くのことを学ばせてもらったよ。きみは幼いころ、下着をズボンの上にはくと言って聞かず、一週間それで通したそうじゃないか。写真も見せてもらった」

「うわあ」

いつかシェルビーを殺してやる。それも常軌を逸したやりかたで。

「それから、Ｌ・Ａ・Ｄのデビュー・アルバムに入っている曲の歌詞も全部学んだ」

驚いたことに彼女が口ずさみだした。

「ガール、ああ、ガール、きみはきれいだ、すごくきれいだ……」

ぼくは枕を投げつけたけど、彼女に難なくよけられた。

「音楽の家庭教師がついていたくせに、なんでそんなに音程が悪いんだ？」

「人間にはそれぞれ固有のスキルセットというものがあるんだ、ワトスン。われわれのだれもがプロ並みなわけではない」

「今日の午後、ぼくがマリー＝エレーヌに会ってコーヒーを飲むのには、何か正当な狙いがあるの？　それともきみが単に疲れてふらふらだから？」

彼女は本を空中にかかげてみせた。大理石模様のカバーに〝Ｇｉｆｔｅ《ギフテ》〟とドイツ語でタイトルが書いてある。

「クリスマスにどんなギフトがほしいか、ぼくにきいてる？」

「毒物だ、ワトスン。ギフテはドイツ語で毒物を意味する。監視カメラ映像や使用人の身体検査からでははっきりしない点がいくつかあるんだ。マイロは否定するだろうがね。レアンダーに関してわたしにできることが何もないなら……母の病状についてわかることからを追ってみるつもりだ。母がどんなものに接触したかを絞りこみ、そこから毒物がどのように屋敷に持ちこまれたかを突き止める。マイロは出かけた。つまり、わたしは自由にラボに入ることができる。ここのテクノロジーにアクセスできるんだ！　すばらしい午後になりそうだぞ」

「この件は夜中までに解決するんじゃなかったの？」

「そうするつもりだ」

「この件だよ。きみの両親の件じゃなくて」

「ふたつのできごとは明らかに関連している。オッカムの剃刀《かみそり》（最も簡潔な理論を採用すべきという原則）さ、ワトスン。どれくらいの頻度できみの家族は、同じ週のうちにひとりが拉致され、別のひとりが毒を盛られたりする？」

　言葉はふまじめだったけど、口調は真剣だった。

「最も簡潔な説明こそが真実なのだ。いかなる場合も。というわけで、わたしはこれから調べものに没頭する。そのあいだ、きみのほうは例の女の子を手づるとして利用して、情報をできるだけ聞き出すんだ。せいぜいその薄っぺらな男の子の魅力を振りまけ」

この数日でふたりの歯車が一番いい感じに嚙み合ったのが、別の女の子とのデートを計画しているときというのは、どんなものだろう。

「わかった。マリー＝エレーヌのアトリエを見せてもらって、友人たちに誘導尋問を仕掛けてナタニエルのことを探ってみるよ。今夜のイーストサイド・ギャラリーの張り込みまでにね。でも、その前にまずサンドイッチだ」

「ああ、それがいい」

彼女はまるでマントをまとうように着古したローブを服の上からはおり、本を小脇に抱えて立ち上がった。

「それから、ワトスン。あのハットを忘れるな」

ホームズは通路を歩きながら、ずっとくすくす笑っていた。

マリー＝エレーヌはぼくのハットを気に入ってくれた。ミリタリーブーツのことも。破けたジーンズに合わせたバンドTシャツも気に入ってくれたけど、ぼくが聴いたことのないバンドだったので、それは必ずしもいいことじゃなかった。

「フォークナーは昔から愛読してるわ」

マリー＝エレーヌは手袋をした手でラテのカップを持っていた。

「でも、ムラカミもすごく好き。全然タイプがちがうから、どっちかを選ぶなんてできない」

「ああ、わかる」

ぼくたちは彼女が待ち合わせ場所に指定したカフェの前に立っていた。彼女のアトリエから半ブロックの場所だ。アトリエの建物は先ほど指さして教えてくれた。とがった屋根にレンガ造りの壁。中を見せてほしいと頼む口実を、ぼくはずっと探している。

「あとはグラフィックノベル。わたしがそもそもデッサンに興味を持ったのは、その影響だと思う」

彼女がラテをすすった。帽子のてっぺんについた毛糸のポンポンが前後に揺れる。

「ねえ、大丈夫？　あなた、またぼうっとしてる」

ぼくは無理に笑顔を作った。

「ちょっと考えごとをしてただけだよ、ラブ」

それは本当のことだ。捜査を前進させたい。新たな証拠をグレーストーン社に持ち帰りたい。日曜日に雪の積もったベルリンの通りでフランス人の子と好きな作家について語り合うなんて完璧だ、という思いがいつになったら頭から消えるのか知りたい。何よりも、彼女のアトリエにたどり着いて、彼女がトイレに行っている隙に室内を物色したい。

ときどき、ぼくは思う。シャーロット・ホームズといっしょにすごすうちに自分がモンスターになってしまったんじゃないかと。今みたいな場合、それを実感する。

「それで、きみはどんなきっかけで美術の道に進んだの？」

「そうね、ルーブル美術館で迷子になったことがあって……待って、この話、オールド・メトロポリタンであなたにしたと思うけど」

確かに聞いた。ぼくは軌道修正した。

「もちろん聞いたよ、ははは。でも、それはきみが美術を好きになったときだろ？　そうじゃなくて、なんて言うか、具体的に道に踏み出したときだよ」

マリー＝エレーヌは眉を上げてみせながらも、貝殻とおばあちゃんのスプーン・コレクションと郵便配達人から盗んだ鉛筆にまつわる話を始めた。それはおもしろくて気のきいたエピソードだった。ぼくはすぐに聞くのをやめ、彼女の手を取るなりアトリエの方向にぶらぶら歩きだした。

入口ドアに着いたとき、ぼくはきいた。

「アトリエには昔の作品も置いてある？」

「ないわ。ねえ、サイモン・ハリントン、わたしとふたりきりになろうとしてるの？」

ホームズがぼくに与えた姓だ。

「かもね」

どうしようかと彼女が迷っている。鼻の頭が寒さでピンク色に染まり、明るい色の口紅をつけているせいで、彼女はおとぎ話の中からさまよい出てきたみたいに見えた。ぼくはキスしたいなんて思っていない。なんで彼女とキスしたいと思わないんだろう。ぼくもすっかりヤキが回ったものだ。

「いいわ。絵を見せてあげる」

はにかんで言うと、彼女はキーを取り出した。

「ほかの子はいるの？」

「もうすぐクリスマスだもの。わたしも明日には国に帰ろうと思ってるけど、もうここに残ってる最後のひとりかもしれない」

「いいね」

ぼくは勢いこんで言った。目撃者が少なく、無人のアトリエが多ければ、存分に嗅ぎ回れそうだ。できれば、ナタニエルの教え子たちは容疑者から除外したかった。ぼくはマリー＝エレーヌが好きだ。別の人生だったら、もっと好きになれただろうし、どうやって彼女を捜査の手段として使おうかなんて考えずにすむ。

建物内は暗かったけれど、窓から冬の午後の淡い光が射しこんでいた。マリー＝エレーヌはわざわざ明かりをつけたりしなかった。ずらりと並んだ個人アトリエを通りすぎた一番奥が彼女の作業場だった。そこに着くと、彼女は作業台にひょいと腰かけ、足をぶらぶらさせた。

「ハイ」

彼女はそう言ってから唇を軽く嚙んだ。

まずい。そうなるに決まっている。もちろん彼女はぼくがここで行動を起こすことを期待する。彼女の首筋に触れたり、キスしたり。へたをするとL・A・Dのラブソングを歌って聞かせたり。それが、ホームズの送ったばかげたメールに沿った行動だ。

いろいろな点で、あれはばかげたメールだった。あんなにいちゃつく気満々の表現にしなくても、会う約束ぐらい取りつけられたはずだ。ホームズがゆうべ彼女と親しくなったのなら、なぜ自分で会いに来なかったのだろう。ホームズのほうが優秀な探偵であることぐらい、たがいにわかっているのに。

あの夜、確かにぼくはちょっと心の狭いやつだった。マリー＝エレーヌにずっと腕を回し、フランス人の女の子から気に入られたとホームズに自慢した。ははは、オーガストといっしょにいても気にしないよ、ぼくにだって別の子がいるんだから……。幼稚な行為だったけれど、ホームズは無視すると思っていた。なのに……そうか、ホームズはぼくを罠にはめたんだ。この計画をぼくが台なしにすると知っていたか、もしくは……。

もしくは、ぼくがこの計画を台なしにすると知っていながらマリー＝エレーヌのあとを追わせて、そのあいだホームズはひとりきりになりたかった。今この瞬間、彼女がオーガストと笑い合っているのが目に見えるようだ。ほら、ワトスンというのはこういうやつなんだ。わたしが目的なんじゃない。かわいい子はみんな好きなのさ。

まあ、確かにここにはかわいい子がいる。しかもぼくが接近するのを望んでいる。ぼくはサイモンを檻から解放した。マリー＝エレーヌの腰に両腕を回し、まるで戦場から帰還した男みたいにキスした。

ここは〝モンスター〟として書いておこう。そのキスはすてきだった。彼女は身を乗り出してきて、ぼくの髪の中に両手を入れ、ぼくを欲しているみたいにぐっと引っぱった。まるでぼくがホームズの考えるようなひどい男じゃないみたいに。まるで彼女みたいな女の子とちょうど釣り合う相手であるみたいに。

マリー＝エレーヌみたいな女の子、という意味だ。もちろん。

小さくあえぐようにして彼女はぼくを抱き寄せ、シャツの裾をめくり、ぼくの腹に手を入れてくる。彼女の手は温かかったけれど、まだ手袋をしたままだ。そのことに同時に気づき、ぼくたちは笑った。彼女は手袋を片方ずつ歯ではずした。ぼくの胸の中で、何かがむき出しになって頭をもたげている。彼女の上着の下に手を入れたい。ブラウスのボタンをはずしたい。

だけど、ぼくの中のより大きな部分は、科学実験棟四四二号室に戻りたがっていた。シャーロット・ホームズと膝を突き合わせ、彼女がハゲワシの骨格標本について話すのを聞きたい。

「ねえ」

ぼくは息を弾ませながらマリー＝エレーヌに言った。

「きみは明日帰るんだろう。これって、少し急すぎない？」

「そうは思わないけど」

彼女はぼくの腕を指でなで上げる。

「ぼくは……そう思う。ぼくにはちょっと急だよ」

驚いた様子で彼女が身を引いた。

「サイモン、あなたって紳士なのね」

からかう口調だったけど、本当は傷ついているのがわかった。

「そんなんじゃないよ」

彼女の髪をそっとなでた。

「ぼくは本当にきみの絵が見たかったんだ」

これは事実だ。聞こえるイメージとだいぶちがう理由だけど。

「それに、クリスマスのあともきみとまた会いたい」

これも事実。ある程度は。

「いつ戻ってくる?」

「わたし、そういう……」

彼女はそこでため息をついた。

「先週、彼氏と別れたの。あなたとはクリスマスのあと……会う気はないわ。あなたがこの街を去るってわかってたから、つき合おうかなって……リヨンに戻ったら、たぶん彼に会うと思う。本当はまだ別れたくないから」

「そうなんだ……」

「ごめんなさい。正直に言いすぎ?」

そんなことはない。ぼくたちはどちらも深みにはまっているけれど、それはおたがいに対してじゃなかった。

「ぼくは全然かまわない」

その言葉はまったくの本心だった。

マリー＝エレーヌは少し悲しげにほほ笑んだ。

「あなたってかわいい。わたし……何考えてたんだろ」

「もういいさ」

ぼくが手を差し出すと、彼女は作業台から飛び降りた。ふたりで見つめ合ううちに、ぼくは何もかもが笑えてきた。絵筆の入ったカップも。彼女がぼくを……サイモンを撃破した正直なやりかたも。ドイツのアトリエでおかしな女の子といっしょにいることも。ぼくがどうするか見るためにシャーロット・ホームズがすべてを仕組んだことも。

「ぼくがここに立っているうちに、きみの手がけてる芸術作品を見せてくれない？　でないと、ちょっと変な感じじゃないか？」

「ちょっと変な感じね……でも、どこかすてきな気もする」

彼女はくすくす笑い、壁際に何枚も立てかけてある絵のほうに歩いていった。

「ええと、そうね、この絵はどう？　ブダペストにあるトルコ風呂のひとつがテーマ。わたし、このタイルが大好き。見て、現地で見たモザイクを抽象的に表現したかったの。この絵筆を使って……」

彼女の見せてくれたキャンバスはどれもまぎれもなくオリジナルで、彼女の見た場所、心に残った風景が描かれている。贋作の気配はどこにもないけれど、気がつくとぼくは興味を抱き、質問を投げかけていた。うわべだけでない心からの質問を。最初のうち、ぼくはまだ居心地が悪いほど興奮がおさまらず（頭が許可していないのに身体のほうは反応していた）、どうにか気持ちをまぎらわそうとしていたけれど、彼女は自分の作品について説得力のある言葉で説明し、かわいいファーの襟のついたコート姿で大量のキャンバス群から一枚ずつ探し出してくれた。こういう専門的な技術と情熱を目の当たりにすると、ぼくはいつも引きつけられずにいられない。同じように彼女が石のコレクションについて話したとしても、ぼくはもっと知りたいと思うだろう。

ぼくたちは並んでいる完成品の後ろに進んだ。

「この最後の数枚は教室で練習したものよ」

ちらっと見えた一枚に見覚えがあった。

「待って、その絵は似てるな……そう、ピカソに」

「だってピカソだもの」

ぼくは眉を上げた。

「本物？」

「サイモン、あなたって本当にかわいいんだから」

彼女はぼくの髪を手でかき乱してから、よく見えるように絵を取り出してくれた。

「あの有名な『老いたギター弾き』を解釈してみたの。ナタニエルの授業で。一年生は全員が必修のクラスよ。彼は実習として模写に力を入れてるの」

「どういうこと？」

ぼくは絵を見つめながらきいた。どういうことか、はっきりしている。でも、彼女の口から聞きたかった。というのも、この絵が完璧なコピーになっていないからだ。ぼくはピカソにそれほど詳しくないけれど、彼の絵のギター弾きが男であるのはまちがいない。なのに、マリー＝エレーヌの絵では年配女性で、しかも抱えている楽器はギターじゃなかった。

「これは胡弓よ」

彼女はきかれる前にぼくの疑問に答えた。

「家にひとつあるの。父が大叔母から受け継いだものよ。美しいでしょ？」

「うん。でも、ナタニエルはなぜ学生自身の着想で描かせないんだろう？」

「それは、自分のスタイルを模索しているとき、成功した芸術家のものを試してみるのが有効だからよ。そこから何が盗めるか考えなきゃいけないって、ナタニエルは言ってる。ピカソのまねをするなら、彼自身の筆づかいでやったのと同じことを、わたしの筆づかいでやってみるの。たぶん失敗に終わるだろうけど、それでも彼の描画プロセスについて何かが理解できると思う。だから……」

そこで彼女はナタニエルの口調をまねた。

「わたしは自分自身について何かを学ぶことになるのだ！　この魂について何かを！」

「彼はよっぽど自分の魂が好きなんだな」

「そうね」

彼女の笑みがしぼんだ。

「わたし、ナタニエルにちょっと叱られたの。ピカソの描いた要素をいくつか改変したから。課題の趣旨に全然沿ってないって。批評のあいだ、正確なコピーに見える絵の持つ利点についてさんざん言われたわ。正直、ばからしく聞こえたけど。わたしはちゃんとピカソのスタイルで描いたんだもの」

次の質問の答えはもうほとんど予想がついていた。

「彼が模写させたのはピカソだけ？」

「ううん。ナタニエルは美術史の先生と協力してて、彼女から年度初めの概要説明で画家のリストが配られた。総合プロジェクトみたいなもので、学生たちは自分の選んだ画家について、その生涯や経歴について学び、作品の感覚を深いところでつかむ。その作業が両方の授業にとって重要なの」

「ほかの子たちは、たとえばだれを模写するの？」

とたんに彼女が変な顔をした。質問をしすぎたようだ。ぼくはポケットに手を突っこみ、うつむいてみせた。

「その……来年ここに入学したとき、この課題でみんなより一歩リードできたらいいなと思って」

マリー＝エレーヌは笑った。

「それなら、もっといい手がある。カフェに行ってコーヒーのお代わりを買ってきてくれたら、ちょっとした不法侵入をしてもいいよ」

ぼくの驚いた顔を見て、彼女は言い直した。

「友だちのアトリエによ。なんだと思ったの？」

その瞬間、彼女の物言いがホームズみたいだったので、ぼくは胃がぎゅっとなった。すぐに飛び出してラテを買いに行きたくなったのは、そのせいなのか？　なんてまぬけなんだ。なぜぼくは最終的に彼女たちの言いなりになるんだろう？　でも、目の前の子はナタニエルの下で絵の勉強をしていて、自覚があるかどうかはともかく、絵の贋作をしている友だちがいるんだから、だめだ、彼女とはいっしょにいたくない、だけど、彼女は鼻にそばかすが完璧な形に広がっているから、ぼくはもちろん彼女に、いいよ、と答え、今度はどんな種類のラテが飲みたいかを尋ねていた。

「ねえ、わたしにとってこれは今までで最高の〝デートじゃないデート〟かも」

マリー＝エレーヌはそう言ってドアを開け、友人であるナオミのアトリエに入った。もちろんこれは本物の不法侵入じゃない。錠前破りさえしていない。学生たちは作業台の下にある金庫にそれぞれ私物を保管しているけれど、スペース自体は共同で使用されているようだった。

「ナオミはジョアン・ミロのプロジェクトをやってる。たくさんの子たちがやってるわ。ツィーグラー先生ったらおかしいの」

たった今、ナタニエルの名字が入手できた。

「彼は絵のできが一番いい子に個人的に賞を与えて、パリのポンピドゥー・センター美術館の外で複製画を観光客に売ってるお店に提供してるわ。あなたもそれをやったら、けっこうなお金が稼げるわよ」

ナオミはジョアン・ミロの絵を模写していた。隣のアトリエのロルフが選んだのはダ・ヴィンチだった。その隣は、すべてのたうった線と火花で描かれたトゥオンブリー、さらに、古風なガウンをはおった少女がiPhoneを耳に当てているエルンストの白黒コラージュ（「ナタニエルはこれをすごく嫌ってた」と彼女が言った）、それから、ウッドの『アメリカン・ゴシック』や、ゴッホの『星月夜』の本当にひどい模写（これならサイモンでもこの学校に入学できると思った）、最後に、マリー＝エレーヌが隠そうとするでもなく時計を確かめるのに気づいたあと、彼女の仲間であるハンナのアトリエに入った。絵の具が飛び散ったバックパックを背負い、プールパーティの男たちについてぼくに警告してくれた子だ。

「ハンナはミュンヘン出身で、二十世紀のドイツ人画家のすべてが大好きなの。学生たちはみんな自分で絵を描きたいから、美術史の授業が好きな子はあまりいないんだけど、ハンナはそれはもう熱心に勉強してる。あの子は才能があるアーティストだし、すごく頭がいいわ」

ランゲンベルクは二十世紀のドイツ人画家だ。ぼくは感情が顔に出ないようにした。

「きみと同じくらい頭がいい？」

「どうかな」

マリー＝エレーヌは肩をすくめ、ぼくのために一枚ずつ絵を取り出して見せてくれた。

絵はどれもシュールレアリスムの風景画だった。一枚残らず派手な色でごてごてと飾られ、見ているると身の毛がよだちそうなほどだ。居間の静かな場面などひとつもない。暗い色もないし、人物さえ描かれていない。よい印象を持てないのは、アートに対するぼくの好みが発展途上なのかもしれないし、ふたたび壁にぶつかっていらだっているせいかもしれない。最後の一枚にたどり着いたとき、捜査はこれまでだとわかった。

どこかほっとした気分だった。

「ゆうべ、飲みすぎたみたいだ」

ぼくはそう言って帽子を脱ぎ、こめかみのあたりをさすった。

「少し昼寝したいな。情けなくてごめん」

「情けなくないわ」

彼女はぼくの手から帽子を奪って自分の頭にのせると、にこっと笑った。

「わたし、今日はほんとに楽しかった」

ぼくも同じ気持ちだった。午後の早いうちからパブ通いをして、百科事典や辞書やスコア記録係なんか不要な会話をだらだらしていたころの、あのありふれた楽しさだ。友人たちはぼくのことを好きで、ぼくも彼らが好きで、それ以外には何もない。家に帰ったら妹と口喧嘩して、ベッドで本を読んで、自分が大切にしている何もかもがゆっくりとこの手からすり抜けていくなんて不安がいっさいない。

だれもぼくのことを撃ったりしない、そんな世界の楽しさ。

マリー＝エレーヌから帽子を取り返したとき、彼女の頰にキスした。身を離そうとしたら、彼女がぼくのベルトループに指をくねらせながらささやいた。

「戻ってきたとき、あなたと会ってもいいわ。そうしたいって思うかも」

「ぼくはたぶんロンドンにいる。でも、もしきみがそう言うなら……」

電話はしないでほしい、とぼくは言いたかった。きみはとてもすてきで、架空の気取り屋のろくでなしなんかにはもったいない。そいつは、本当ならもっときみに惹かれていいはずなのに、それほど好きにはならないんだから。

「もしわたしがそう言うなら……」

彼女はぼくの唇の端にキスした。思いがけず、ゆったりとしたキスだった。控えめというのではなく、ロマンティックでもなかった。それは暗示的な「……」だった。省略部分に対して、ぼくは目をつぶった。

「じゃあ、またね、サイモン」

彼女が言い、ぼくはのろのろとグレーストーン社に向かった。

戻ったらホームズになんと報告するのか、自分でも確信が持てなかった。

考えごとをしながら通りを歩いていたため、尾行の車に気がつかなかった。最初は気のせいだと思った。でも、寒々とした空からは雪が舞っていて、道路はほとんど無人で、黒塗りの車はのろのろと進んでくる。

横断歩道のところで歩調をゆるめてみた。車も速度をゆるめた。ぼくが路地に飛びこんで別の道路に出てみると、間もなく車もその道にあらわれた。ついにぼくは通りの角で立ち止まり、帽子を手に持って待った。

車が歩道に乗りつけた。後部座席のウィンドーがするすると下がり、声が告げた。

「ミスター・ワトスン。乗っていくかね?」

銃の撃鉄が起こされる音。それは問いではなかった。ぼくは乗りこんだ。

(下巻に続く)